在唐诗中穿行

袁凌 著

東方出版社

目录

序

这本书完成于十四年以前。当时我刚从一场为时大半年的结核病中恢复，忽然感到生命的紧迫。处于而立分界点的年龄，似乎带来了一种内在的激情，如同年方弱冠患有肺病的李贺曾经敏感的。在这股激情的促使下，我在很多个连续的夜晚中写下了这部书稿，它大体是一气呵成的。

书稿没有单纯追慕盛唐文人轶事的情怀，也无意于具体诗句的审美展示，它更想传达的是和诗歌意境关联的无言激情。寂静的夜晚，唐代诗人们的笔下意境和现世生活、情感欲望在我的脑子里游走，打破既有的界限融汇在一起，就像一条不断自行寻找新的两岸的河流。

虽然如此，存在的限制却明白地摆在那里，从精神枷锁到物质匮乏，任何繁荣的时代都含有内在的贫乏，不羁的李白和拘束的杜甫殊途同归，奇诡的李贺也投影于李商隐无题的深情，古代诗人和我本人面对的奥秘和困境一脉相承。这也是我在遥远的唐代诗人世界里打量自我的原因。不理解他们，我也就认识不了自己。

这本书有着告别青春的意味，但它无意于怀旧，而是处在今昔的门槛上，真实地体会和面对人性困境。就像盛唐诗歌度过了安史之乱的门槛，无可避免地面对时代与意境的转折，诗人们不得不从断裂处重寻精神线索和建造心灵家园。每一个诗人，从古到今，都面临荷尔德林说的那个“在一个贫乏的时代，诗人何为”的问题。

初看起来，不管是在漂泊无依的杜甫或归于寂寞的孟浩然身上，这个问题都近于无解，诗人们注定是失败者，胜利的是权力和金钱。但又实际已经解决。当杜甫尝到故人园中新割的韭菜，或是孟浩然体会到寂寞中来去的幽人身影，抑或杜牧注意到眼睛下面容易被忽略的睫毛，诗人们都得到了片刻即永恒的精神自足，也就化为他们超越时代流传下来的诗句。

记得十四年前重庆的夏夜，写完这本小书，天气炎热难当，窗外市声未歇。看到妻子挂在窗台的绿萝，我心中却像掠过了一丝清风，感到某种平安。正如荷尔德林对那句疑问的回答：诗人们看起来无所作为，但是，他们是自由的使者，夜夜巡行在神性的大地。

一 黄鹤楼

［李白：］

我和孟浩然来到黄鹤楼，大江奔流，淹过许多孤岛。在长沙洲间，在绿得如发泡苔藓的两岸间，梦想的早年有无限的远方。虽然有了屈曲，还可以重新上路。

片片粉黄的叶，粘连着粉，像蕨，这是三月的烟花。花瓣漂流于大江，对于花瓣来说，深色的碧绿令人畏惧。对于出发的小小花瓣来说，江就是出走，举起失踪的旗帜——片片布帆。目不暇接的沟汊与滩涂际会，荣或辱，都付与现实，只把自己完整地剩下，交给风。

远方是黄鹤楼真正的主人，它为此迎来了李白和孟浩然。黄鹤楼，我特意放低声调说出这个显赫的词，试图把它安置在一段烟花弥漫的句子里，从这里开头的一切，带上欠缺的意味。这首先是因为孟浩然就要登舟，孤舟远去广陵，依靠桨与风，不会有后世突突作响的柴油马达，唤醒有关长安的不安记忆。四十岁的孟浩然，在一个月亮清虚的秋日夜晚忽然老了，而我还年轻，和我腰间挂着的剑一样新鲜，其中感伤，只有一杯酒可以销释。

“为何只有四句，这么少的诗？”孟浩然举酒询问。

诗，我们童年的胎记！到青年时期，脸上的印记定型，无从取去。甚至深处的实质，如同烟色中近处的山，那些岩石山体，日渐沉叠。在浑茫的雨中也一往无前，意味着痛苦的分量，要注定一段一段在生命中实在品尝。诗可以非常朴素、淡然，如故乡的晨昏之光和苔色山径：

垂钓坐磐石，水清心亦闲。

游女昔曾解佩，山中有所传闻。在阴暗的黄昏，山影遮住夕阳，很巨大宽厚。阴影里潭际平静，鱼在游。这情景，对站在阴影里的少年诗人，远非仅一个憧憬的时刻！也许，这就意味着痛苦的开始；也许，这是争吵的结束，“烦”的解决。在大城市里，绕着高门大宅的迷路，已经逝去。是那一刻使信念扎根，这样的时刻难得。

我摇摇头，这是一个在我不多见的动作。年轻的姿势应该是仗剑一挥或者拂衣而去，但眼前廊柱之间的墨迹却使人迟疑。那似乎是某个纪元造成的线条和隆起，引起考古学的探索兴趣。据说，自从仙人驾黄鹤来此歇息，这里就有了楼，但自从崔颢留下墨迹，黄鹤楼才有了诗。

“那年我十八岁，初次离乡，带着少年岁月积累的全部自负。苏颋夸奖我将来可以成为司马相如，我并不是很高兴，因为他说的是将来。相如的赋可值千金，但我毫不看重黄金和时间的意义，只渴求充满宇宙的名气，庞大的乌云，不羁的天外来物，被我紧紧抓在掌心，用来做成我的诗歌。我对世间的一切都是专制的，因为我是它们的王，也就是它们的自由。

“然后我来到了黄鹤楼，看到了这首崔颢的诗，我陷入苦思冥想，像一座仰额的谦卑的小山。

“我在夜间起来，打破作息，写下了鹦鹉洲的名字，还不知道下一步会做什么。

“鹦鹉洲是一句话，一个念想，一处目见的、隔水的地点。这点上它有点像竹林寺，眺望之中身临其境，身临其境仍不过在眺望之中。洲上有竹林、芦荡，还有一两处人家灯火，不一定是渔家。想到夜里走近门户，在温暖的窄小中摸索，触到干燥的木质气息，就总不像是那样简单。在傍晚出门去‘赶场’，经过长桥，芦荡间飘荡的小径，远方在苇草梢底，淋湿的黑暗原野中一处灯火，这就是旧梦。寂静的行船中，打着火把，走出船头，走到风雨之中，去看那些山上淋湿的玉米，像处身在一把伞中。把昨夜抛在身后，迎接清晨的雨。

“在晴朗的日子里要珍惜，赶快写下诗，趁着热乎乎的冲动，凝成沉静、坚强的墨迹，要战胜那无意的、似乎巨大的悲哀，从壳深处来的寂寞。要登临，走上楼梯或山径。总有相似的楼梯口和高台，相似的风，吹过坚硬的壳下。

“那么你是何时尝到寂寞的，也许是在故乡，因此你在四十岁离开襄阳，去了长安之后，又要到广陵远游？”

［孟浩然：］

不论我走到哪里，我从没有离开过故乡襄阳。

这似乎是在山阳，嵇康临刑弹奏《广陵散》，向秀停车怀旧之处。更早以前，有庞德公隐居，羊祜又留下堕泪的碑，古往今来的泪痕，滋润了往深处伸长的褐色苔藓。地衣朴素，河流清越，触目丘陵起伏，如九月黄花或处士衣衫。登上北山或望楚山，呼吸北方之风，饮菊花酒，天高而蓝，水浅而清，走过有黄狗和红衫小姑娘的篱笆，倚着簌簌的松碎田土，心和衣衫染上干脆无瑕的粒土气息，青春就这样度过，腿脚在登临中渐渐轻捷硬朗，风格磨砺成形。

十八岁上结婚，二十岁有了子女，穿上粗布衣服，往来于乡村和城市，在渡口与人拥挤或谦让着上船下船，在路上遥望灯火。晴日率一帮小孩上山采摘荠菜，孩童有得而喜，乐此不疲，谁也不计较我待在一边做诗。诗句清香，略有苦味，来自阳光下懒懒躺着的沙洲渡口，渡口相连的山坡，山坡生长的荠菜，荠菜上吹拂的风，清风柔和因而可戴可取的头巾，不经意间，为经历的一切量体裁衣。从没想过随堂吉诃德远游，也缺乏关于巨人和基督的象征。

但四十岁那年，自己也没料到，泉水出山，孟浩然去了长安。

长安，一次心跳的经历，趁着车轮，踏着关中夕阳，经过许多世纪肥料堆积的田埂，撞上庞大高耸的城市。人和兵器的密度马上使我呼吸不适。我情愿待在不为人知之角，在众人喧嚣的背弃又是掩护中，听星河的响动，暗中云流过了河岸，隐秘的征兆最初显露了，一滴穿过沉黑空间的意象之露，滋润诗人的园子。可是伏在床下的时刻突兀到来了，没有遁词！

［王维：］

孟浩然来长安以后，一直住在我太平坊的家里。

每天清晨我从大明宫下班归来，走进大门，就看见了那扇秋天的窗子，窗中那瘦长、虚幻的身影。除了保持冷静的白粉墙，一切显出了匆匆的情态。我的院中柿叶散乱，暗红间着青黄，每一阵微风经过，都带来一次微小的迁徙。

当我穿过这些落叶走向孟浩然，我感觉自己由大明宫的真实走入一个虚幻的秋日，孟浩然带来了对于秋天意料不到的阐释，就像他给我们带来了那个微妙的星云、夜露、梧桐的世界。在这样的世界里唯有他最为清冷，我深深知道这一点。

是的，这是我自己的身体。常年赴宴饮酒，穿着绯衣，有换为金紫的希望，想不到还能领受清冷的水洗涤，孟浩然成了我的模特儿，当我用目光勾勒他那些简单的衣领线条，我被自己的每一笔感动了，因为它们集中起来，越来越像我本人。

“你又在看什么？你是等我吗？可是你并没注意到我走近了。”

我知道，如果开口问他，我只有这样无聊的问题。可是，如果对他讲述，那只会是更无聊的一些句子：

“今天暹罗国来献贡了。是一种海螺，受了微风，能自己奏出完整的音乐。”“安禄山传来捷报，说抓获了几百个契丹人。”“吏部补充了一个员外郎。”“韦镐献计在华阴开凿水库，既可以引渭河水灌田，又能行船娱乐，皇上已经允奏了。”

这些事有时也挺令人兴奋，可是不像跟孟浩然有关。

我不敢问的是，他如何度过一个个期待之夜。夜晚，那微妙的世界离他更亲近，也会使他更寂寞。长安城南，韦曲某一处井台上，月光映出了石板和辘轳粗糙的纹理，还有井底微小的水；宵禁的朱雀大街上空无一人。古老的城墙根儿下，有一些白天大车漏下的炭渣，一两株斜生在城墙的蒿子摇曳。可能哪儿还滚落摔破了一个粗瓷罐子，风从缺口擦进擦出，预示着冬天就要来临。谁不怕长安的冬天？不如说是暗无天日，我从家乡山东来到这里的那年，真以为到了世界末日！什么春日的插柳踏青，夏日的避暑南山、荡舟曲江，全都成了骗人的想象，只有厉风和暴雪是真实的，人在风雪中算什么，躬起背等于一只随风滚动的瓦罐，顶多是一座破窝棚，各各求生，直到大街小巷都被大雪堵死，人们禁闭家中，像眠蛇苦等冬天过去。

孟浩然是南方人，他说过，襄阳的天即使寒冬仍然清澈，水面也只是结些薄冰，土地没有封冻，到处显出生命的褶痕。在长安一个人待着，他会被心中的寒冬冻僵的。我每天要上朝，最近更要在含元殿值宿，没有人来陪伴他。

有什么办法吗？　　对了，要不我带他混进内省，跟我作伴？这是不允许的，不过查禁也不是百分之百的严格。

想到这里，我兴奋了。虽然我们的心离得这么近，我和孟浩然却还没有机会长久地不受干扰单独相处。总有这样那样的朝事、家事，有老朋友、新朋友，还有次等的所谓熟人，以及三教九流的宴会、游乐、唱和。这种生活早该改变了，有时常常想：像贺知章那样归乡隐居，或者干脆从未著名多好！孟浩然的到来更惊醒了我，我预感到一定会有某种变化，某种机缘，将眼前的日子一卷而空，就算要领受极大的混乱和痛苦，至少不会像眼下的无聊！如果一个诗人变得无聊了，那他还剩下什么呢？

在含元殿内省，一个人长夜等待，实际上又很少会有什么事，除非皇上半夜想起什么来。只好和守卫的兵士拉拉话，谈谈各自的故乡。有了浩然，我们会拥有一个美好的夜晚，因为我们将在那肃静庄严的地方谈论诗歌！

我决定冒一点险。

［**孟浩然：**］

李白，你想不想见识禁中？

我并不知道白天的它会何等庄严堂皇，我知道的只是晚上的禁中。它由重重大门和卫兵的枪戟护卫，却不像看上去那样绝无缺陷，我假装成王维的护卫，安全过关。

起初，我没有什么特别的感觉，只看见到处是沉沉屋影，一些通向深处的拐角和回廊。后来经过一座殿角，我发现黑暗中有一棵奇怪的树，矮小削直，几乎没有枝叶，谁把这样一棵树栽在这里？

我指给王维看，他却说：那是一个监视的卫兵。你要注意脚步。不要偏离道路。每个我们看不到的地方都可能有人。

我打了一个寒噤，后悔到这地方来。也许我只是出于好奇心？我一直在东张西望，像个幼稚的小偷。这是一种恶劣的好奇。我贴近王维，心中内疚。也许王维向我暗示的美好的诗歌之夜就这样给破坏了，变质了。在我们行进的路上，还有一尊尊的石狮子和螭，它们花岗石的面容在夜里将化为真正的猛兽，吞掉我们，特别是偷偷溜进来的我。

王维想安慰我，他在我耳旁说："你听见那穿堂风的声音没有？我常常觉得，这声音在透露这里一切虚幻。这座皇宫的地基，不就是原来隋朝的宫室吗？那些狮子看上去是石头的，实际并不比土或面粉坚固。"

那晚，月光终于照进了王维的办公室。月亮升起于宫殿的屋脊，倒比外面更大、更圆，我们都感到身上有了月光。那时我和王维都没说话，可能是想不起有什么话要说。其实我想到的是一首诗，关于情人、月光、天涯，还有爱情的潮水：

海上生明月，天涯共此时。

这是张九龄丞相的诗。

那晚，我正在暗暗吟咏，王维忽然对我说："哦，我还没告诉你，张丞相今天罢相了。"

我吃了一惊。

"给他留了个仆射的虚名，李林甫看样子还不满意。今天早朝，张丞相和裴丞相归班的时候，李林甫直勾勾瞪着他们说：'还当什么左右仆射！'有人说，他就像一只鹞子看到了草间两只野兔，直要猛扑下去。"

我和王维沉默地眺望月光，感到某种预兆朝我们降临。

[张九龄：]

回到家里，我没有提被罢相的事。这是个开始，你刚来得及领会，事态又会发展到下一步。就像车轮滚过了山脊，雨水泡胀墙壁。

只是这样地顺从着寂静，领会秋风中细微的征兆。似乎也获得了识微杜渐的本领，却无济于微渺的身体，像那只海燕，乘着春天，来到长安高堂大屋的帘幕下，靠着微小又灵敏的翅膀，领略空间的自由，也贪恋泥巢的温暖。不曾想引起鹰隼猜忌，它们是神坛的盘踞者，目露凶光监视，翅膀已在暗中扇动。海燕预感到了危险，又能如何？它小小的泥筑的巢会被轻易粉碎。

这样有预兆的夜晚，是寂寞的。寂寞得荒凉，似乎从少年初次捧读《尚书》就产生了——但有没有另外一种美好的夜晚？

应该郑重地回忆呵。

似乎是在十一岁的时候，父亲已经去世，我与母亲住在韶州。在荆州做小令的姑父，调到本州当钱粮官。姑母时常来看望母亲，来时带着表妹。表妹比我小一岁，两个大人相对垂泪的时候，我就得放下经史，带领表妹到园子里玩。我们在那里研究植物，认认真真观察蚂蚁和泥土，为此还付出弄脏袖子和膝盖的小小代价，特别是表妹。

有时候，我们也一起读点书。表妹才啃到第一本《诗经》，半生不熟的，往往有一大堆离谱的疑问，要我强为人师。比如“之子于归，言秣其马”，毛公的解释是小伙子为出嫁的小姑娘喂马，喂饱了好驮嫁妆，还为她砍柴。表妹就会问我：“小伙子是小姑娘的仆人吗？”我说不是。表妹又问：“那她是要嫁给他吗？”我想想，觉得也不是。表妹又问：“那他为什么要帮她嫁给别人？”我就被问糊涂了。好在我那时五经都读过了，东拉西扯总能圆过去。

这样一年多，我和表妹待熟了，我习惯了表妹的定期到来。这时舅舅升迁到外州作长史，姑母和表妹都走了。我依旧攻读经史，又开始学作诗赋，平日奉养母亲。这样到了十六七岁，除了母亲，我再未接触过其他女性。

十七岁的一天，是个和暖的春日。紫茎的花在林脚开放，青草朦朦胧胧，等踏青人的脚步探究。我坐在窗前，手里捧着《诗经》，读到那首《汉广》，忽然想起了表妹。开始感到快乐，后来就初尝了寂寞。

从此，我在窗下挑灯苦读时，偶尔眼前会现出九岁的表妹的样子。我轻轻地笑了，却又惘然失笑。

十八岁的一天，姑父寄来了一封信。信先到了我手里。我莫名地很冲动，慌里慌张拿去给母亲。母亲拆开看了，说是喜事啊，表妹要出嫁了。

“这是喜事啊。”我也说。我的心忽然不突突跳了，依旧看书。

晚上，我不知为何看不进书了。上床又睡不着。正是十五，满月升起，洒满窗棂，又在窗脚布下阴影。我书房的窗外，多年来壁虎暗中游走，植物修长的根须爬上木质窗台，像一架镂空的屏风，藏着无限想象，而我从未注意过。那夜我却眺望着月亮目不转睛。

月光像一只清冷的手，能凉却我心头的热吗？ 此刻，会不会有另外一个人，像我一样注视明月呢？这个人想来非常隐秘，距离地点也遥不可知；也许是遥远大海上的鲛人。应该有这种可能吧？仰望浩瀚的星河，有多少颗星，就有多少次方的可能，问题是怎样出发，对方又是怎样的星体，怎么把握？不用说星空或大海，连韶州城门，我也只出过一次。只有和平的月光让我安心。

那天晚上，我写下了生平第一首诗：

海上生明月，

天涯共此时。

情人怨遥夜，

竟夕起相思。

……

那夜之后，仍旧是苦读。后来，我有了面见丞相张说的机会。我的学识才华使张说一见惊叹，母亲泪盈满眶：含辛茹苦未白费，十载寒窗终成器，父亲也可瞑目泉下了。然而我在兴奋之余，却感到一丝空虚，只能拿“以天下为己任”的师训激励自己。

我随张丞相来到长安，踏入仕途，不久就得到重用，开始立朝言事。然而那种空虚的感觉警醒着我，使我时时告诫自己：许多看似能够紧握在手之物，其实是丝丝烟云，生命之墙早已被虚无侵蚀，维护修补、患得患失又何益？在别人看来，我行事谦和又刚正，不近奸佞、文质彬彬。我的文质彬彬出了名，因此遭贬，再被重用，今天又被夺权。而这一切的根子，没人知道，是在那个诗歌之夜埋下。

秋风掠过庭树，那本来是一棵长安普通的榆树，在夜里看起来，却逼近于一株梧桐，显出孤立的姿态。梧桐领会到的信息，是关于凤凰的，还是来自枭鸱？梧桐和我有这样的夜晚：兰叶暗中散发芬芳，桂树却已开花了，正是难得的佳节时分。有人在树下默然久坐，享受这一刻；感到泥土孕育昆虫，桂子在加紧自我充实，兰叶穿屋入室，寻找那逝者，他瘦长的影子，掠过芳香庭院，有一刻悲哀地覆盖了桂树。然而又感到似乎是完满的幸福——这是夜中唯一的讯息吗，那些秋风带来的和文字里暗藏的，都可忽略？这样的夜和阴影使我完全，有了天真的本心。

［**孟浩然：**］

我感到有一种东西又涌上来。总是这样无声地潜入，一旦到来，不由分说占据了我的心灵。我的眼和耳开始愚钝，手指哆哆嗦嗦摸索纸笔，幸好王维及时把它们交到这双手中。

谁看我都是一个梦游者，在纸上留下梦游的痕迹。但在我心里，那里发生的变化，不如说是月光射进了一间空屋子，进入，也就满了。借助这奇异的光，我看得比任何时候都远。今天，也许由于禁地的月光，我的笔端染上了一层幽愤。

回去吧！回去吧！与其无尽地等待，不如现在灰心！编好自家的篱笆，清算风尘岁月后自身还剩下什么。该清醒、警觉。你的柴门不该让别人闯入，也不需要拜访，你不再像离去时那样随手一甩，让它晃荡两下之后大开着，连啮齿目动物都可以随意进来衔走点什么。不要把好东西丢在猪嘴前。要警惕你已然残缺的身子，不要在一夜之间让它又缺掉什么，不要因为路途遥远就丢掉你身上觉得沉重的什么。因为你已经很少了！

刚刚停笔，卫兵忽然喊道：“皇上驾到！”

我们都大惊失色。王维说怎么办？ 我说不出话来。生活中的突变让我彻底地陌生化了。

目光下意识地在室内寻找。如果孟浩然是一只昆虫，一只飞蛾，一个墙上的斑点，那就根本免了回避；如果孟浩然此刻是一只家鼠，就可以迅速躲进洞穴，还可在洞口窥视。就算是一只拖鞋，也可以安安稳稳躺在床下的黑暗里。

对，床下，猛地趴下，敏捷地钻入，越过那双拖鞋，我弄起了大量的灰尘，意识到自己裸露的舌头和鼻毛、无遮挡的耳孔，深处的心却消失了。随着皇帝第一声脚步，心又无限膨大，扩张到耳孔，耳孔充血，代替口鼻成为全身最重要的器官。

“臣接驾！”王维。

扑通，下跪声。

“王维，你好啊，平身！”皇帝。

起立的声音，似乎有关节舒展的悉索。

“臣不及迎接圣驾，望恕罪！”王维。

“不必了。有什么新诗吗？看看！”皇帝。

“臣重阳登高思亲，做有一首。”王维。

“拿来！”皇帝，高兴地。

那是在山东，山东有一座山，近于海岸，平原上是树林和芦荡，树林的颜色是金黄褪减过，初显白草的本质。一角小芦荡有渔人。应该是孤立的一座山，秋日里又高了几分，有长长、平坦的山脊。兄弟们顺着脊爬到高山上，高山在大海上，聆听近在咫尺的故乡，插上小小的茱萸，这是一种似乎带有眼睛的植物，哺育着粗糙的感情。不由想起堂屋啊，黑暗的堂屋，走进去有关在屋里的土地的气息，迎面一道半人高的竹编篱笆，扎在屋里的篱笆，两个兄弟的床关在篱笆后面。有些日子，缺少一副象棋，象棋已磨得看不出漆色，裸着木质。兄弟们太多了，茱萸插也插不遍，然后漫山遍野是茱萸，人都在故乡隐身了……

“好诗，好诗！”皇帝的声音。

茱萸的气味随之消失。

……

“王维，你怎么有点心神不定？”皇帝的声音，很平和却惊心动魄。

“请皇上恕罪，臣所以心神不定，是因臣这里尚有一人！”王维下定决心的声音。

耳膜轰的一声，几近关闭。眼前却显出一些幻象。

“哦，在哪里呀？”皇帝好奇的声音。

“为避圣驾，现在床下！”王维略微提高的声音。

“哦！”皇帝逗乐的声音，“是谁呀？”

“是臣好友，布衣孟浩然！”王维轻快的声音。

“哦，孟浩然？快请出来相见，不必拘礼！”皇帝快意的声音。

我往出爬，头碰到床底，手上沾了灰。我在两个人的注视下爬出来。床下的经历就这样告一段落。

我顾不得拍拍灰，刚站直，又“扑”地跪倒。

等我再次站直了，龙颜大悦的皇帝，急不可耐地：“爱卿，久闻你的诗名，快拿一首出来看看呀！”

不知怎么回事，我脑子里的诗全忘了，干愣着。王维着急，眼睛又不由到处转。那张纸让眼珠得了救星：“圣上，方才孟浩然正有一首新诗，拿给我看，就在这里。”我也连忙附和：“是的，是的。”

皇帝很感兴趣地接过去。皇帝看的时候，我依旧低着头，依稀透过纸背看见自己的字迹。这首诗写的是什么？想不起来，但好像总有点不对劲……

王维当时也想到了，他很忐忑，甚至觉得对不住朋友，一时只能听天由命。王维经常见皇上，但说不上能揣测皇帝的喜怒，星象变化永远超过人的预测。如果龙颜大悦，我将就此作别一介寒士之身，平步青云；反之则只能回乡了。

皇帝脸色转阴了。他指点着第二联“不才明主弃，多病故人疏”：“是你不肯亲近寡人，让寡人知道你，并不是寡人不让你亲近！你还是回故乡去隐居吧。”

我拍掉膝盖、胸膛和手上的泥土，离开了长安。我没有直接回襄阳。为什么？我身上的土干净了，可是，我总觉得还有点什么，我染上了一种床下特有的气息，是襄阳没有的，这样的我不能回到襄阳。

所以我来到了这里，又要离开这里下扬州，还要去更远的海边，彻底洗涤我身上的气味，以后我才能被襄阳接纳，回到我的涧南园，重新走进我的篱笆。

或者，你和我一起走吧！但我不会强求你。我清楚生命中的事情，一个人与另一个人相遇，就像一只鸟与另一只鸟，一颗星对于另一颗星，我们以为非常实在的友情，却神秘得超乎想象。就像眼前使你困惑的诗！

［李白：］

我已经从那里回来。杨花飞舞的金陵城外，我走近了一家胡人卝的酒肆。我看见那些挽起袖子当垆卖酒的胡地少女，她们全都长得高高大大，面目具有一种不寻常的清晰之美：高高的山峰和深深的湖泊。对于这种独特的面目之美，我有一种不期而至的领悟，我想这也许由于我失掉的什么记忆，在前生，或者在混沌的婴儿时代，如果我真的像他们说的，在襁褓中从碎叶城迁到四川。因此我从婴儿时代就有了两个故乡，我注定拥有很多很多故乡——和远比我现在的二十二岁年龄久长的生活。我祖辈生活的全部暗示，我对山脉、远方和大海的向往，对迁徙的忧伤和迷醉，似乎永远无法满足充实，不可挽回的失落和追寻，都来自于暗示，因此我的行为看起来往往毫无理由。

我骑着一匹白鼻的驴子，为了它的这个白鼻子，我足足多出了十贯价钱，当然这是它应得的。春天的气息使它不停地打着喷嚏。我扔掉缰绳纵身而下，马上有人接过缰绳，拴在一棵柳树下。我走进酒肆，温酒的侍女马上对我露出她吹皱了的湖水一样的笑容，这一刻我当然爱上了她！

她操着很标准的汉语问我："客官几位？"我则带点胡地的

蛮豪音调高声回答:“就一位，不过我在这儿马上会有很多的朋友！因为我喜爱朋友胜过一切！”

我的举止显然出乎所有人意料，不少酒桌旁的人已经向我转身，只有筛酒少女的笑容还是那样清澈明净，见惯不惊，她的平静激得我一抱拳:“各位朋友，今天这场子里喝的酒，在下李白全包了！”回身吩咐少女:“打酒！最好的浮粱酒，不要漉！酒窖里有多少上多少！”

少女粲然一笑，店里顿时光明。“筛——酒——了——”银铃般的声音回响，杏黄裙角飘飞，酒意骤然浓郁。两个新进店的酒客被引到我的酒桌，他们听到自己的酒已经被人请了，立刻和我成了开怀痛饮的朋友。邻桌的人也频向这里举杯，过一会儿他们全体过来为我敬酒。少女们又围着我们的酒桌添杯倾壶，手臂、笑容和声音交错，我很快就搞不清刚才我爱上的是哪一位了，她们的笑靥固然全都令人目眩，但更有魔力的是，她们全都善于从那个厚重的充满了无限可能性的酒瓮中，为唯求一醉的人倾倒出清凉又火热的神秘液体。此刻她们都是祭司。这就是卓文君醉心于当垆卖酒的原因！

她们唤醒了我身上的什么，我开始左顾右盼地寻找，洞悉一切的胡姬马上拿来了我缺少的东西——一支笔，并引我到一方白粉壁前。虽然粉壁上隐约可见被刷掉的往日涂鸦，我并未觉得扫兴。如同在塞纳河畔一间阁楼里的夏加尔，拿起配好颜色的调色板，含着某种庄重站到画布前，很快画布上就出现一头他故乡的母牛，为了触摸这头母牛，他生出了第六根手指；只是我的原料多了砷红色的友谊、大红的爱情和深碧的青春，因此我的笔触更鲜艳；它们无疑会使少女们惊叹，而那些酒徒们，就算他们看不懂，这首诗也无疑会让他们喝掉更多的酒，他们甚至也得到某种灵感，吐出赞美的语言：“妙笔生花！”“人不凡，诗更是满纸烟云！”“蓬荜生辉！”

金黄的酒液！你是黄金变成的，但黄金在你和你浇灌出的友谊面前，算得了什么？那只是理想的阴影，友谊的反光。连时间涂在青春身上的金黄色的阴影，也会倏忽消散，一朵友谊的云朵足以遮住它。那些赞美的人并未在酒醉后带着酒意和灵感走散，而是招来了更多的人，大家要做的只是喝酒和赋诗。就这样我开始了在扬州的幸福生活，中间感不到时间的流逝，只有酒液在哗哗流出。直到一年之后，我忽然领悟这其实不是酒，是另外一种金黄色液体的流动，因为那一天流动的忽然枯竭了，虽然瓮坛中还有酒，胡姬却再也不肯为我倾出，酒徒们的灵感忽然消失，纷纷从我身边散去，黄金的灿烂颜色从他们脸上褪去，换上了没有酒的日子惯常的冷漠，甚至是无聊，我恍然惊疑自己曾请这样的一帮人喝酒，并为他们写作诗歌。

我领悟到那具有灵感魔力的，不是酒，不是诗歌和青春，甚至也不是爱情，而是黄金。黄金哗哗流逝，使我得到了一切，最后又使我倏忽失去一切。猫头鹰噗噜噜飞过窗前，脑门触到爬上窗台的清凉蔓丝。血管火烫，为违心的时刻内疚不已。

就这样我离开了金陵。仍然是柳条吐青的季节，我金色的行囊只剩下了一个青布包裹，锦绣的袍子送进当铺，换来了眼下这身青袍。我把所有那些自命不凡的赞美扔在了金陵，可我并没扔下友情、诗歌和爱情，一样也没有，只是暂时收了起来。我把它们收在心里，唯恐别人发觉，直到我在黄鹤楼遇见你。

我将去云梦泽。它不断吞噬四周的草地，扩展梦想的界限。对它来说没有禁地。司马相如离开梁园去长安的时候，云梦泽在天际闪烁微光。他在长安的贫乏日子里，常感觉到它水下深处涌动的生类，被激流暗中追逐的鱼，无边荒凉而自由的水草，一些被雾擦亮的眼睛埋伏在树林深处，它们都有在噩梦中才被提及的奇怪名字，有的非常庞大，使水上的天空凶险莫测，像中了记忆的魔法，回到史前时期。

或者相反，是人的心被蛊惑了，一颗夸张的不安宁的心，追求名誉和地位，却不得不走一个养狗人的门路。杨得意说："写一点什么，让天子见了欢喜吧！"相如发愁没什么好写。杨得意说："上次我陪天子去新修的山林苑遛狗，天子很喜欢那里，你就唱首赞歌吧！"

司马相如在杨得意的带领下，溜进了上林苑。那无非是把平原上的一片树林围起来，投放大量的野兽，再大张旗鼓围捕那些早就被搞昏了头的动物。中间开凿出一两块洼地，有几条鱼和几只雁什么的。司马相如想起了云梦泽。在那个写作之夜里，他沉浸在深深的思乡之情里，潮水阵阵涌来，带着那些发亮的眼睛，使夜晚变得混沌莫测。他努力理清思路，告诉自己这是一个决定性的夜晚。他驱使自己的笔极力夸扬上林苑中的东西，没有的就大胆编造，使云梦泽现出卑微，这并非因为它本性卑微，却是不得不如此！

第二天，司马相如拿着这篇赋去找杨得意，他看到杨得意在一大群狗中间，那些皮毛油亮的狗跳着抢他手上的吃食，看到一身青袍的司马相如到来，立刻像对一只兔子那样逼过来，它们被杨得意喝住，还狺狺不已。相如就在狗吠中给了杨得意那篇赋，当时场景成了他心中的象征：他会得到梦想的名誉和金钱，却失去了青春和梦想的云梦泽。除了那阵狺狺狂吠，有天他会发现自己的人生空无一物，正像赋的题目：《子虚》。

但云梦泽仍在那里，吞没着陆地，散发浑芒的泥浆气息，谁也不能损害它，也没有什么是它容纳不下的——比如我，一个轻浮的远行少年。等到我在那块湿地中呼吸领会，我就会像有深深的根的芦苇成熟。

[后记：]

孟浩然上了船。布帆深入水面，入到极致，也就到达了天空。船头的孟浩然，开始还能看清面目，后来就成为一个点，进入时间之流深处，可以清楚地看到，一个人是如何在时间中隐没。

黄鹤楼上只剩下李白，这时年轻的李白第一次感到真正的孤独，他不再为那些烟花的幻景目眩，却看到了真正的时间，在时间中孟浩然是苍老的，离别不可重复，没有崔颢也没有鹦鹉洲，诗歌从时间深处到来了：

故人西辞黄鹤楼，

烟花三月下扬州。

一切尚待开辟，因为烟花的三月，广陵的前景，是生命中奇异的机遇，让我们千百年来怀念不已。

山随平野尽，江入大荒流。　——李白

荆溪白石出，天寒红叶稀。——王维

永忆江湖归白发，欲回天地入扁舟。　——李商隐

忆与君别时，泛舟如昨日。——孟浩然

山随平野尽，江入大荒流。　——李白

荆溪白石出，天寒红叶稀。——王维

永忆江湖归白发，欲回天地入扁舟。　——李商隐

忆与君别时，泛舟如昨日。　——孟浩然

二　长安古意

高宗在位的最后一年，注定是一个热闹的年份。洛阳南边的嵩山一向不过是和尚念经和几个文人求道的地方，今年忽然大兴土木，披红挂彩，原因是高宗和武后要一起去封禅。

消息一传开，不少落第的士子和怀才不遇的隐士就早早聚集到洛阳，等待圣驾路过，好献上精心制作的文章，碰碰运气。天津桥、平康坊那一带的青楼和酒楼，都格外繁盛起来。骆宾王也从宝鸡赶来这里，等着献上自己精心构思了半年的赋。

但到了皇上驾幸奉天宫的热闹日子，骆宾王却扭头去了清冷的箕山，看望在那里卧病的卢照邻。

无法完全弄清骆宾王掉头而去的原因。线索之一是御驾临幸东都之时，武三思前来开道，他骑着高头大马颐指气使，可能刺激了徘徊路边的骆宾王；另外，一些从长安来看热闹的人带来消息说，卢照邻在长安久病无医，已回到故乡箕山隐居，病情更加恶化了。

骆宾王来到箕山脚下，被一道环形水堰挡住去路。这是他没有想到的。

因为朋友不是一座古堡，不是一处对面的渡口，朋友更像一条大道，让人自由地行走。在长安和洛阳的那些青春日子里，骆宾王和卢照邻曾一起有过很多美好的行走。他们感到是在一座世界上最自由的大城市里行走，吟诵，歌唱，并且认为这就是他们的生活。因此，骆宾王觉得无法忍受在县尉、县丞之类的小官任上长期的生活，自愿离职，正像许多年后高适所做的——他在封丘县尉的位子上待了三年，终于在一个下午脱下那身绿袍，去长安找王昌龄和储光羲他们了。

眼下骆宾王面对的是一座古怪的城池，甚至没有设置桥梁，而对岸茅屋边上类似地下掩体的建筑更增添了这一印象。池水来自颍水，颍水通到洛水，洛水通到黄河，直至流入大海。骆宾王呼喊了半天，那边还是充耳不闻。只是到了最后，才有一个老人露面，他慢吞吞走到渡口，冷漠的眼光投向骆宾王，显然他已习惯对外面世界的来客保持这一态度。

但他忽然神色大变，骆宾王也同时认出了他——卢照邻长年的仆人。

“您还是穿着上一次离别时的青衫。”在船上他对骆宾王说。

骆宾王上了孤岛，急匆匆走进茅屋，却没有发现卢照邻。一瞬间骆宾王产生了很多不祥的预感。老人向他指点那座地下堡垒式的建筑。

骆宾王心中大震，因为从近处看，那是一座坟墓，一座真正的、用来埋葬人的坟墓。难道说他不该在洛阳多停留了两天？难道他现在能见到的只是这座坟墓了？

老人带领骆宾王走向坟墓。这座坟墓没有插招魂幡，路上也没有飘着纸钱，骆宾王想到自己来时应该带着这些东西。他已经在心中努力，试图平静地接受朋友的死亡，就像他接受过王勃和陈子昂的死亡。

他似乎注定要比所有的朋友们活得更长久，忍受孤独来纪念他们的死亡——但来到坟前，骆宾王发现，墓穴是开启的。

他跟随老人走下墓穴，开始什么也看不见。等眼睛习惯了，就看见了黑暗中的床，床上的卢照邻，卢照邻扭着头，目光炯炯地注视着他。

老人点亮了油灯，墓穴笼罩在柔和的灯光中。这种调子稍稍安抚了骆宾王心头的震慑。在这种地方见到卢照邻，可以毁灭一切旧日长安和洛阳的记忆，甚至否定整个墓穴外的世界。卢照邻似乎在用匕首对世界进行垂死一击。

“照邻！怎么会是这样？”

“当我长年累月地躺在这里，望着外面世界透进的一丝光亮，我会想：他们来了，从长安和洛阳来了，看到这里，他们感到震慑。这其中有最后的快感吗？

“刚开始的时候，我也像你那样问自己。但随着时间推移，黑暗聚集，这样的问题就消逝了，不值得回答，我甚至也没有了那种固执地要把自己和世界对立起来的意思——那道水，这座墓穴，只是这时我已习惯了墓穴和孤岛的环境，不想再费事改变而已。而且从我搬进墓穴那天起，大概由于见不到阳光，我一天比一天不能活动，现在能转动的只有我的头部了。当然心还在跳动。而且，从这座墓穴的角度看，我非常适合它，它找到了自己的真正用途，我也不愿损害它的这种利益，毕竟我能对世界有所好处的地方已经不多。一旦我搬离了这里，势必造成一起悲剧——墓穴的悲剧。”

骆宾王发现，他朋友的身体完全让他认不出来，脸上诗情的肌肉也已完全萎缩。眼睛一直在向后退，退回到筋索和骨头的深处，在那里，失掉了多余的眼风，紧紧收缩、凝聚，最后成为致密的火——肉体深处的星星。只有在那遥远的燃烧着的星球深处，骆宾王能够找到他原来的朋友卢照邻——经过多年离散，我们终于来到朋友面前，却发现还须到最遥远的星际去寻找，我们此前千山万水的跋涉不过是个开端。

这是否智慧的火？它能不能看透骆宾王未来的遭遇？

“不，你以为我是一个残废的先知，站在他同胞倾颓的城市废墟上，眺望拯救和惩罚的日子，也许还会有诗歌和传记？你以为我因为残废和预先身处墓穴，就获得了一种全新的能力，在这里有多少残缺，在那里就有多少完满？不，我这残废深处仅余的智慧，只够用来盘点记忆，聊以自娱。

“你认识刘希夷吗？他像当年的我一样年轻，从洛阳城南的花街柳巷中走出来，兜里还揣着一方妓女月英送给他的绣帕，她请求替她写一首《白头吟》，送给她负心的情人。为了这首诗，月英当然不会仅仅用一方绣帕来答谢刘希夷，绣帕不过是用来回味的。因此刘希夷走出巷子的时候，内心和身体上都还充满着甜蜜慵懒的回味。但他是一个真正的诗人，因此他的头脑已经开始构思这首诗。

“那是洛阳的花落时节，百花争艳，当时还没有像现在这样到处一律种牡丹，铲除其他花草——武后这次来到洛阳，牡丹花怕是种得更多了，别的花差不多绝种了吧？不时有落花飘到刘希夷肩上，又从肩头跌落，落入他身边的沟渠里流走，这些落花就在刘希夷思想中被随意捡起，成为那首诗歌的材料。它们将堆积成一出流行的伤感场景，伤感剧的主角就是月英。这种甜蜜蜜的伤感堆积起来很容易，刘希夷想在吃饭时借着酒味写成。

“但走着走着，也许因为刘希夷无意离开了大道，走到了荒僻小径，也许是他的思路没有设防，越走越远了，他眼中的洛阳开始变成另一个样子。在这里，伴随着百花落下的不是甜蜜的眼泪，却是没有水分的黄土；北邙山墓群一天天在扩大，与旁边活人的世界一起繁盛；一个人在有史以来最宽阔的大街上走着走着，忽然会走投无路；往日断戈锈矛的尖头埋藏在人们脚下，而人们又在挥舞着新锻的戈矛。这出闹剧其实是一个真正的悲剧舞台，主角已由月英换成了刘希夷。他要导演自己的悲剧，组织落花、黄土、松柏、爱情、肉体这些素材，构造出死亡：

今年花落颜色改，

明年花开复谁在？

……

年年岁岁花相似，

岁岁年年人不同。

你知道那以后不久，刘希夷就死了，死得非常离奇。巡夜者发现他的嘴巴被一包黄土堵住，也许黄土上还飘了些落花。流言风靡了洛阳城。”

“对。我前几天在洛阳，就听说宋之问因为喜欢那两句关于死亡的诗，仗着是刘希夷的舅舅，强行向他索要，刘希夷不肯，宋之问竟然用装着黄土的蛇皮袋把他闷死了。这没有确切的证据，不过还是为他招来了恶名，他往后的流放和被杀，跟这也有关系。”

“宋之问虽然杀害了刘希夷，却并没有真的得到这两句诗，因为谁也不承认宋之问可以写出这样的诗。其实我想，刘希夷拒绝他舅舅的真正原因是，他明白这并不是他个人的诗，他无权赠予任何一个人，而且还想让他舅舅尽量远离这首诗，因为它是自行流传的灾殃，一开头是爱情和春天，中心却是阴谋和死亡，以后，还有流放和杀戮。”

“我也曾像刘希夷那样年轻，拥有美好的热烘烘的身体，清爽地走在长安大街上，就是那条宽得不必要的大街，你还记得吗？我们曾一块去看王勃斗鸡？”

“对，那时他是沛王府的斗鸡事务总管。”

“虽然你离开长安的日子比我还长，但你一定清晰地记得我们踩在脚下的那条长安大道。那条大道不如说是无限延伸的广场。因为它宽得离谱了，任凭整日里车马辘辘，红尘滚滚，依旧只把大道的靠中心线部分践踏出了车辙和足印，那些靠边的地带长满了草，居民们又把这些草地辟为菜地，出现了连片的城中村。当时，一块块菜地开满了油菜花，而马车从菜地旁奔驰而过，我们就走在滚滚风尘和乡村的宁静之间。我们的目光和腿脚都很自由，不由感到这是属于我们的广场。但是我们忽然碰到了长孙无忌家的车队。”

“对，他家的马队一来，宽阔的大街顿时变窄了。”

“是的，我们一瞬间就被笼罩在尘土中，连彼此的面目都看不清了。我憋住气，眯着眼睛忍耐，指望车队快些过去，车队却没有完头。到后来，我感到面对一个飞旋的轮子的世界，众多的齿轮一个套一个，一架巨大的连绵的机器，不知从哪里获得了永远不停的动力。一旦卷入这些轮子，凡人就会粉身碎骨。

“当一切突然结束，我无味地看了一眼自己的脚，却发现地上多了一样东西，竟然是一把女子用的团扇。虽然沾了些灰尘，绸质的扇面还是光洁如新。于是我想起刚才飞旋的轮子中闪过的，依稀有一张女性秀美的面庞，在红尘的味道中，似乎还有过一阵芳香。”

骆宾王说：“那也许是她故意遗下的吧！你没听说过韦护的故事吗？ 这是我们世界的一种特殊方式。”

“但那时不是黄昏，也不是在曲折、深情的小巷。我正在看那柄扇子，一个穿红袍的公子模样的人疾驰而回，举起马鞭吼道：‘大胆狂徒，竟敢窃取丞相家眷的扇子！’

“我本能地非常气愤，昂首抗议：‘这是我拣到的！’

“‘什么？还敢狡辩！你们是什么人？’几匹马已将我们围住。马蹄得得贴身响着，践起干燥的尘土，还闻到马鼻子呼呼的气息。

“我在这种混合的气味中，愤怒得失去了理智，仍旧紧攥住那把扇子。这时你却拍拍我的肩膀，取去扇子恭敬地献给公子，还说：‘我这位朋友不知高低，顶撞了丞相府的大人。他确实是无心拣到团扇，并无存心损坏，现在奉还，乞求恕罪。’

“公子瞪着眼问：‘你是什么人？’

“你说：‘我是一介布衣，叫骆宾王。这位朋友现为邓王府典签。’

“公子哼了一声，接过扇子，一帮人马疾驰而去。

“你没怎么安慰我，只是等着我的愤怒慢慢散去。愤怒确实消散了，但自由的感觉却不存在了。整个长安也在这一事件中变了样子。接下来，我们有意无意贴着菜地边缘走，我们不再随意四面眺望；我的长安原来毫无意义，它被这样一个情节揭穿了。那我们往下的行走还有何意义呢？

“但我们仍然往前走，因为暂时还不知道，如果一旦不走，或者干脆不能走，还有什么事可干。”卢照邻说。

俩人走到了西市街口，那里与大道形成鲜明对比：空间在人们无止境的挤压下极端缩小，变形了，窒息了，所有人都屏住了呼吸，把呼吸交给中心那个圆洞，一切都是向心的，在中心两只鸡在搏斗，像一只眼睛里的两个瞳仁，一根灯焰上疯狂的两朵火苗，势不两立。

骆宾王回忆：“不知谁的手在拨弄，使这里的空间、时间和人，都在向心运动的挤压中变得越来越疯狂。在迟到的我们看来，那是一个深渊，所有的水流都在旋涡的吸引下流向中心；它又是一个轮盘，轮盘上所有的人和畜生都被钉在中心的圆钉——也就是鸡的嘴尖上。这是长安的一种新兴运动，比天下大同的口号更能团结人心。但也有一些人偷偷预言，这运动可以亡国破家，他们的声音很小，因为怕犯众怒。

“也许这里只有一个人，一只眼睛，只有一种沉默和一声最后的叫喊，随着这声叫喊，已经成为‘一’的一切忽然爆裂，从中心喷出无数喜怒哀乐，每个人的脸都如劫后重生，显出了活生生的大千世界。

“这是因为，主持人已宣布斗鸡结束，旋涡的中心破灭了，不知是哪家的鸡羽毛剥落，淌着一只鸡所有的鲜血卧倒在地，而另一只外表境况看来差不多的鸡则引吭高歌。

“一时间，失去了向心力的人群不知下一步该干什么，只是咕咕地谈论，交头接耳，又一起仰着脖子等待什么。有一些人走散了，我看见王勃从最中心走了出来，低着头。

“今天参赛的两只鸡事先广告过了，是英王家和霍王家的鸡。看来落败的是王勃的爱将‘凤头’了，他曾屡次向我们吹嘘这只鸡的本领。不料他走到我们面前，忽然昂起头，似乎事先看见了我们，大叫道：‘我要讨伐英王的鸡！我要用我的笔做武器，来讨伐这只凶恶的鸡，这个凶手！’

“王勃的身上和脸上都有鸡毛，但他昂起的脸依旧英气勃勃。这是他的特点，正是这一点常常使我入迷。那一次送杜少府去蜀州的时候，大家都有些恻恻惜别，离亭酒席上的气氛格外低沉。不料王勃端起酒大声朗诵：‘只要我们珍惜彼此的友谊，虽然远隔天涯，也如同朝夕相伴。男子汉们，收起你们的眼泪，在面临抉择的人生路口，不要像女人们一样沾湿了手帕！’我没有看过他斗鸡，但我想，他在斗鸡场上肯定也像一个英雄，跟当年李靖将军在高丽战场上一样。可惜的是，他没有机会上阵杀敌。”

卢照邻仍旧望着远方，眼底的余火渐渐消逝下去，却又慢慢生长起来：“是啊，我们从来没有得到过上阵杀敌的机会，却都忘怀不了那种英勇的姿势，因此人们给了我们这个称呼：诗人。我们喝了一场酒就散开了，王勃忙于去写他的檄文，你想继续喝下去，我因为路上的遭遇心里不平静，想早早回去。

“不愿经过上次受辱的地方，我选择了经过崇福里的小巷，却没想到这条路要经过丞相府。等到我想起的时候，已经离丞相府大门不远。

“刚想收脚回头，却看到这里情形不同寻常，披着铁甲的士兵团团围住府门，这些士兵显然都是御林军。接着我看到了一溜囚车，它们的口全都张开着等待囚徒。我听到大门里有惊慌的叫喊，有哭泣，还有兵士高声的叱骂，这种声音从森严的丞相府传出，因为不可思议而饱含着恐怖。

“我下意识躲在一棵树后，看到士兵从府门押出很多人，有老人、妇女和孩子，也有年轻的男子，我在其中认出了大路上向我扬起马鞭的那位公子。他戴着重镣，红色袍服也被剥去，在沉重的镣铐压迫下，但更可能是在无形的猝然重击下，他曾经过于挺直的腰板佝偻了，不过刚成为囚犯几分钟，他的脸上已经完全显出了一个囚犯，甚至一个死囚的标准颜色——死灰。相比之下，那些哭哭啼啼的妇女显得对自己的命运领会得迟钝些，她们总是这样，还没有感觉到全部，却急于表达了。

“公子低下头钻进囚车，囚车辘辘开动，妇女则被赶上大车带走。这些大车和囚车走的方向相反，朝我这边来了。大概因为她们要去的地方是教坊，或者边疆，而那些男人，她们的父亲、兄弟、丈夫或儿子，则被送往刑场。我搞不清这算是对女人们的仁慈呢，还是格外残酷。这时我终于明白，长孙丞相家被抄了。

“我忽然想起那个模糊不清的传闻：长孙丞相位高权重，则天皇后因为他反对她立后，一直想除掉他。看来，今天她终于出手了。

“那些载着女人的大车驶过我面前时，我茫然地望着她们。忽然，有一道目光和我对上了，那张和遗落的团扇联系在一起的，红尘中闪过的脸庞！

“她像是认出了我，可是我们的目光只能交会这一刹，士兵已经发觉，我不得不触电一样垂下眼帘，感到她的目光向我求助。

“大车辘辘驶过了，电击却穿透我的身心。她是谁？她怎样遗下那把扇子？是她故意的吗？她拥有多么迅疾的眼力，能够辨认出红尘中的我？那她为什么又让兄长来讨要？也许，那公子的斥责，以及问名字，也是她安排的一种手段？也许，就像在某个黄昏，一切本来还该有下文？

“但眼前的事变使一切失去了意义，它也使我在大街上遭遇的耻辱，使我内心的愤怒，还有我的行走虚幻如烟。我只剩下了证实某件事情的念头。我加入了斗鸡者的旋涡，我低着头在大街小巷疾走。

“终于有一天，这条大街彻底变了样，走着走着，它在我面前竖了起来。

“于是我们的分别也来临了。你还记得吧？当时王勃刚刚从沛王府被赶了出来，脱下那身斗鸡服，换上以往的青袍，准备去四川找杜少府。”

“记得，完全是由于那篇檄文，他笔头虽利，却忘了讨伐的对象不是一只鸡而是王府，即使这是一场开玩笑的战斗，人家却不会原谅他，因为人家可以默许、甚至提倡斗鸡，却绝对不许人对此有幽默感。檄文送给了皇上，龙颜一怒，王勃只好走人。”

火苗的微光在卢照邻眼底消退了，他的声音渐渐低沉下去，像秋天渠中的水：

“那时，我们也都要离开长安。我想找个地方安静地读书，而你一心要去西北从军。我们几个人在长安的好日子就这样结束了，回想起来，我们可是一起干了不少勾当。北里南里的少女们都记得我们，还允许我们写诗挂账。并没有什么人逼我们离开长安，问题是我们已不知道在这里做什么？

“那一段酒楼和饭馆里的气氛明显不同以往。存在着一件事，人们都不愿说明的事，但又不想让它完全消失。听起来，他们谈的都是些家常话，胡地的女子啦，将茶叶泡着吃的新式喝法，走马、斗鸡，荐福寺里最近添了不少和尚，现在当和尚有多吃香，等等。但即使初到长安的人也能听出，他们舌头下拨弄的其实不是这些鸡毛蒜皮，而是一件大事。这件大事像一枚皇帝赐予的枣核，不断地被舌头搬运到嘴边，但就是不能出口：丞相被处死和抄家。其实长安人早已习惯了各种突然事件的敲击，丞相倒台不过是比较大的一件。”

“要不了多久，这种敲击就会变得柔和，失去的语言重新找到了，不过是通过一些拐弯抹角的途径回来，人们重新对世界获得表达能力，并且拥有这个无常的世界。就像眼下，他们嗡嗡的闲谈以含而不露的叙事技巧占有这座酒楼，而我们喝完了自己买来的酒，只能起身下楼，各奔东西，连一句像样的话也说不出来。”骆宾王说。

“我当时想，这世界留给我们的只有行走了。却没想到，我连行走的自由也会很快失去。那次离别后不久，我就中风了，显出半身不遂的迹象。这样，我就真正面临着那个问题：一旦不走，还能干什么？

“很少有人真正面临这个问题。有的人一生都在行走，比如你。有的人停下来，因为他不想走了，他想要的东西就在脚下。因此我基本上是独自面对这个问题，没有前人的思想资源可用。

“我尝试着治病，为此回到了长安，当时神医孙思邈在那里，我抱着一丝希望。但他也没有治好我。我又去太白山学道，这时我已不纯粹是想治好病，因为这种希望日见渺茫，我想寻求一些新东西，彼岸世界朦胧地向我招手。在清净的生活里，在与自然无言的默契中，也许我能获得新的机缘，摆脱身心的病痛。

“但是由于急功近利，我服下了劣质丹砂熬制的丹药，朱砂毒害了我的嗅觉和肠胃，也刺激了眼睛，几年间我动不动就呕吐、眼泪鼻涕交流，呼吸和鼻涕中都散发出朱砂的辛辣气味，这让我生前就堕入了痛苦的地狱。

“当我的病情日渐加重，我明白了求道徒劳无益，也许这是随着肉体干枯和让步，仅剩的一点智慧开始苏醒。我来到这里，住进了茅屋。

“开始，我还给一些旧日的熟人写信，请他们寄些钱来买药治病，或者来看我。等到他们来访，我却觉得不胜厌烦。我明白我已经不适合和世界有何联系。我用那些善款疏通了颍水，把这里变成了一座孤岛。

“但是这一举动引来好奇，不少人总站在对岸眺望，似乎这是新添的景点。我就造了这个墓穴，躺到黑暗里，和外界隔绝。

“奇怪的是，进了坟墓之后，我的心忽然平安了，不再莫名烦扰，甚至肉体上的痛苦也减轻了，不过是一种混沌的痛苦，就像还未出生时在母体中的情况。智慧从干枯的筋肉深处醒来，观照过去的事，唯一的意义是打发剩下的时间。在黑暗中凝视长安，我感到那里发生过的，不是完全的真实，也不是虚构的诗和故事，而是一段寓言，可以把它叫做：长安古意。”

卢照邻停止了讲述，坐回到黑暗中，骆宾王也离开了那里。两个朋友再未见面，骆宾王下落不明。听说他参与了反叛，却又自我流放，决意走上与友人完全相背的道路。

长安城里的事说不完。刘希夷被谋杀之外，还有《春江花月夜》的梦。从那个隋炀帝，从一个亡国之君开始，可想而知会带来什么。只要在那个夜晚沉醉过，谁也不能自赎，从奴隶到皇帝。可梦还要继续，皇帝叫人开凿了有点江湖气味的曲江池。借了长安的光，那里遇上好天气还是蛮有真实感的。此外还有一些陂，一般在黄土地中央，泛舟的同时可用于灌溉。这些水使韵律更柔和，高楼上夜晚的思念更动人，全城的捣衣声更光滑、清冷，连成一片。

长安有灰尘扑扑的亲切街道。走过一些小巷，有那时就非常古老了的榆树。其实榆树还不很老就变成黑色，甘愿担当老人的角色。平康坊让人快乐，在南里、中里，许多宅院的白色粉墙门首挑着红纱灯，还流传着非常动人的故事。一天早晨，经过一夜大雪，平康坊像整个长安城一样被厚雪封了街。这正是一个袁安自愿闭门家中挨饿的天气啊。妙香院的头牌妓女李娃起了床。天色已大亮，可她依然是这院里起身最早的，打开大门想看看雪城。她发现门首躺着一个人，盖着两件破衣衫。李娃生了怜悯之心。一瞧面容，她吓了一跳，差点叫出声来："这不是两年前，包了我一年的郑生吗！他是不是为我落到这个样子的？"

一场旧梦从此重温……这样的旧梦，比较不出名的有无数。在落满榆钱的黄昏街头，也许总会有一辆蒙着纱幔的车，红灯晕亮了一小块地面，侍女，缓缓行驶的车轮。现在又有了斗鸡。斗鸡真是"乌拉！"它使紧张的心情放松，让高等游民和底层渣滓一样有事可干，使国民的精神有所寄托，极大地加倍促使女性温柔敦厚，男性刚猛坚毅，令家庭和睦，百业兴旺，治安好转，都城名声远扬，万邦来朝。举国风行，皇帝首开其端，李白也偶尔涉足；可是李白还是李白，他身上的细雨、明月的气味远未消失，令那些业内人士受不了，不久就教训他懂得居长安之不易，地点是北门。

诗人刚刚赌胜一局，却猝不及防就失掉了鸡，自身被人群围裹，危在旦夕。人群密不透风，明月和细雨马上要受到践踏，就像长安的大道，“会不会揪头发呢？会的，一定会的。他们一定会这样！而且会吐唾沫！”

会吧？李白也不由心生犹豫：是坚持做总是被人所困，却又独下城池的鲁仲连，还是模仿先圣，浮于海以避之呢？暂时还没有想到阿Q——

此时，朋友们恰如佐罗的救兵，在关键时刻来临。李白是像最后一个骑士那样矫健地上马飞奔而去，还是像婴孩摩西那样被杂草伪装着带走了？就像他第二次离开长安，是“赐金还山”，还是骂着娘、呕着酒物被驴背驮走了？“世界就这样结束”，是“砰”地一响，还是“嘘”的一声？请注意，这一表态至关重要；在沉思之后表态，在感情低沉的日子里表态，在真正的逃亡中也要坚持表态，对着当初出走世界的器物——月亮和风表态。因为李白的坚持不懈，他终将脱离不慎涉及的斗鸡者身份，进入诗人的行列，成为无穷尽的“长安古意”的一部分。

有些诗句到今天还镌刻在曲江池头。在我和当时的恋人，后来的妻子谈恋爱时，当一个“新”的更自私的时代里，“自私自利的少年”可以“望着自私自利的少女一阵战栗”，同时说不定还会在自私自利的少女身上激起同样反应，我们选择了曲江来使战栗和解。在那里，我们像心胸大度那样漫步夕阳，走在那据说是起初荒废了，后来干涸了，再后来种上庄稼，麦穗取代杨柳迎风摇曳，后来麦穗又被战马的铁蹄踏平，后来战场又消失了，完全被遗忘了来历，再后来又被记起，开发出来，我们作为游客和自私自利的少男少女来涉足的曲江池。我看到了石碑上的诗，一下子就和头脑中的对上了号。

当然，这些石碑是替代品，开发商们的把戏，不久前才刻上去的。我们漫步的曲江也是替代品，就像西安替代了长安。并没有池子，只有一块石碑，一带围墙。可我也可以反驳，说曾使诗人们朝思暮想、留连忘返、忿忿不平、梦想成真的曲江池也是替代品，是一个朝野的把戏。高头大马的游行，亭壁上的题名，垂柳下的飨宴，这些也是替代品，包括宴会上那些按部就班押韵的诗歌，它们倒是可以用来填湖。

诗人王维就遇到过这种情形，因为他是进士。那一年皇帝还复活了久已作古的柏梁体（实际上就是让臣子对他按韵拍马）。依座中真正的诗人王维看，这是在拿针刺诗歌的中枢神经，在诗歌中制造安定药片，和在一趟诗歌的地铁中放置“沙林”。可是他并非不逢场作戏。

因为，什么是诗，什么是长安古意？这问题在诗歌繁荣的年代，已变得越来越不起眼而无解。人们用诗歌来交际，来为宴会助兴，甚至助产；在诗歌的腿上拴马，登上诗歌的楼饮酒，在诗歌的茶点和诗歌的调味品之间，计算诗歌的回合；在诗歌的敲门砖上和从成功了的诗歌的朝笏上到失败了的诗歌的板子下，人们领受着渴望、失意、快感和苦楚；诗歌的臀部挨了诗歌的板子，还得由诗歌的头脑献上诗歌的谢恩。

再说王维自己就有“前科”，他十九岁时少年气盛，急于入仕，打通玉真公主的门路时，可以说完全是靠了诗歌的裙带关系，虽然那渐渐变成了一段佳话。

长安古意有风絮飞扬的开头，有诡计混合着悲哀，悲哀搀着潇洒，传到李白和王维们的年头，诗人已无与伦比地走红，而前代诗歌如风过耳，诗人孤立无援，近似灞桥风雪中的柳树。

有时候，诗人们自己为活在这样繁荣的时代，不由心满意足，豪情万丈；但另一些时候，他们脑中就出现了这样的问题。这个问题就是长安古意的一个门径，一块敲门砖，第一个想要使用这块敲门砖的刘希夷已被土块压杀。当这种疑问占据了心灵，诗人们除了离开长安，像王维这样一直住在长安或洛阳的人，就只能摆脱日常写诗由仆人记录、誊清、装裱的良好习惯，摆脱雕版的伟大贡献和押韵的技巧，在心里默念那两句诗：

在一个诗歌的时代，

诗人何为？

扯动诗歌的根就牵连到世界，提出诸如这样一些诡计似的问题：月亮是不是替代品？捣衣声和高楼上的思念呢？古道旁折的杨柳枝？发臭的酒肉和冻死的骨头是不是假象？回答得不好，诗人们面临尴尬：月亮变成月经，思念化为私通，正在发臭的酒肉和正在冻死的骨头很可能发出声来询问。

这个坚定地回答的人是个小官，叫陈子昂。

有人说他有治国之才，但这一点从未获得证实。印象中，他对着一片兰叶吐露心声，使得每一茎草尖不光为自身生长，渐渐无边无际。走进每一毛梢，青润蒙蒙，且在不停地褪去陈腐的败叶，拔出新生的节，越来越簇拥，就像聚集在西奈山下的民众。

可是最初，在幽州的高台上，还非常孤独。

大泽中的风吹来，酸枣棵起伏，感到北地空间的广大无垠，又送来易水的气味，似乎荆轲还正在那儿出发，去完成一项不可能的任务，就像小官兼儒生陈子昂不可能影响外戚兼将军武攸宜；在强盛的部队之中，儒冠的诗人总像一位陌生的使者，委派他的人已将他遗忘，他为何来这里？就像走在茫茫的白草间，而非在心爱的竹林里。

后来就是狭小的牢狱。马桶放在进门台阶的右边，镣铐在左边，在陈子昂的大腿周围，大腿已经溃烂，脓血在干草上。

神志近于昏迷，不再回念一生。县令段简的相貌变成了温顺的牛头马面，照拂他喝下失忆的汤。在黑甜的最后一瞬，脑中又闪过兰丛的青蒙，氾满似乎是“啊”的惊叹，或喜或悲。

答案在干草和残羹之中，
答案在于空洞的追问、在于风。
当街道上天马和驴奔跑，
当风雪拍打亲人们陌生的门，
当濯缨，江水在脚边流淌，
答案在于风、在于水的声响。
写不下去的一行诗，
几代人珍惜的一个缺憾，
在于长安古意。
一张张疑问的嘴埋入泥土，
当你面对田野暂时伫立，
感到土中的嘴，
要说出风中的事物：
答案在风中飘荡

有一次，我在西安邮局里凝视一副巨大的地图或国画。黄河经过崇山峻岭入海，卫护或阻挡这土黄、粉红一片的是层峦耸翠；坟墓都变成小花红，依稀散布在“八水”两畔，直到那长长山坳的发源。在那里，长安在温润之中，宫墙的鹅黄融入嫩绿，源头遮掩于一片温润。有高起的复道吗？有子美登上高塔眺望的秦川？那木结构的塔楼，旮旯拐角、楼梯处肯定藏有千年之谜。而到楼顶所见又定完全不同。

一个正月的日子，我坐火车——一列长长的铁甲车经过关中大地，懂得了“秦川”。火车在铁轨上疾驶，滑行，铁压榨黄土，铁与黄土的对比悠长强烈！

每一接茬的路口，有狭径对直深入，切割原野，否则，原野那样庞大、无所顾忌地裸露着黄土坷垃，没有一滴水，除了一两处机井旁积潴的污水。土壤可以说一捏就会成干粉，随风飞扬。那个干渴的原野，容纳的是青色、灰色、红色、绿色，布衣裳，质地和皮肤一样粗跐，和身材一样质朴的行走。忽然田野上的一块塑料膜，关联于聚苯乙烯烧灼画，大师或工人顾德新。已经是一个垃圾填埋场或圈地运动？但也可以说还远得很，有些东西从未改变。包括“塬”这个字，大概是关中独有的，特别加上土旁，强调千年堆积的厚。我的一个同学是杜陵塬——也就是杜牧故乡的人。有一次我去找他，黄昏爬上高高的塬垄，玉米已经有一人高，塬上只有庄稼，村庄都隐没在川道里，可以看出土层厚度远远超出了屋顶，又有多少代屋顶掩在土层之下。旷野寂静，同学的表情忽然神秘起来，他侧耳倾听，问我是否听到古人在玉米林中走动。他让我留心分辨深处的沙沙，哪些是植物的摩擦，哪些可能是人的响动。“有人听到过杜牧吟诗，他和其他两个人在玉米地深处喝酒，早上玉米地里一股酒香。”

三 秋浦歌

秋浦之谜

我被想象带到秋浦的秋天。岭色千重万重的雨，天地都变得晦暗、潮湿，有断弦的声、感伤之歌，如同发自潇湘。

李白来到这里以后，奇异地看到了漫天火星。在山峰的谷底，在沙滩之上，通红的面庞，流汗的锤锻。诗人呆在黑夜的细雨中。他的一生是惊叹。今天，面对红润、害羞的面庞，他惊叹自己突然生出的白发。

秋浦千重万重的雨是幽深的，又有着宽阔的前台。诗人到秋浦来，可以带来原始的幻想，安置一切梦，江河和峡谷的梦，白雾的梦，白雾中一点光明，飞流直下的梦，回忆的月光下，小蝴蝶的梦，小蝴蝶飞进山谷，雨中黑暗的、可以润滑的花朵与翅膀，颤微地站在斜面，很难不担心滑倒。

诗人从来不是小蝴蝶。如果想到了，只是因为用庄周的典故。但诗人在这湿润的天气飞来，打算合翅安心居住，因翅上有了牢房铁的锈气。他是在晚上去看了照红天地的炉火，暗中倾听震动寒川的号子之歌，同时灵魂的深处慢慢浸淫了忧伤，适合细雨。大鹏也需要细雨的抚慰，要躲避猎人。猎人会不会找到这里？

在秋浦，似乎有重重的楼阁，实质上不过是重重的松巅。

有一片松的海，在海中听到风声，仿佛青年时对着蜀僧濬聆听的琴声，一种声音唤起众声喧哗。

仍可听见长安的雨声：在玉真公主别馆的阶前，阴云发胀，再也容纳不住更多的水分。雨滴穿越层云、树巅，垂垂地连珠地击打到芭蕉叶上，这是幸福长夜后真正难眠的长夜，长安在发胀、腐烂，发出霉味，芭蕉叶幻想甩掉雨滴，霎时为天空疯狂！席子下转动着蝼蛄，仿佛不寻常的纺锤的转动，给诗人的世界提供另类节奏，同《击壤》的调子一样悠远，意味着一年虚度，岁暮降临，泥土和搬运、洞穴——可疑的、黄土的气味。诗人如何能忍受可疑的气味！ 再也没有月亮敲金戛玉的回响，这回响只有诗人听见。他常常疑惑，为什么别人就听不见，那么这是不是真的？这样一沉思，刚才的沉醉转为怀疑，皎洁如白玉盘的月亮，坚强纯洁、敲金戛玉的月亮，已经沦为牺牲。这是一个疑团滚动在心上。

最初的月是峨眉月。峨眉山很高，学道的岩穴远离盆地。从洞口望去，峨眉月很圆，超脱了凹地的雾霭，也许可以很鲜明地看见仙人的世界。仙人在哪里？现在还不明。也许明天，眼光更清明，一切触手可及？

可是还有长安古意在召唤他。他注定要经历离别、在旅行中获得美誉，似乎眼前的隐居，也是奔向长安的一部分。这一点他还真有点像精打细算的投机者呢，但也像一步一个脚印的朝圣者。

雨夜，月亮还存在，只是整个城市孤独黑暗。从玉真公主别馆蕉叶的滴雨声里，能想见宇宙间，白发长了三千丈。疑难的秋浦，来自长安的雨，同黄鹤楼的送别，有何关联？诗人这样快到了穷途暮年。可是没有一位年少的诗人来送他，没有长干行的往事。因此没有真正的诗产生，只有白发三千丈的忧愁，染上秋霜的庞大的明镜。内心深处永难磨灭的愧疚。也许，本来就不该离开那生长蜀葵的田地，为土坡荫蔽；坡脚下有溪，明亮、柔嫩的脚吊进溪水，他的两个表妹的，像稍微短了；还有小核桃叶的旅行，在最初两块小青石构成的罅隙间就搁浅了。焦灼使生命重要。那时候，诗人继续了小核桃叶的旅行。核桃叶下的阴凉是暂时的，灿烂的溪水，远方看来永恒，名声和小表妹一样纯洁无瑕，淡色的格子衣衫、枯淡的闺房里心疼的片断记忆的可贵，一个失去又意外地想起的名字一样亲。在山崖间阴嶂的底部，险路上有过多少次行走，也可以说在想象中，多少次向路旁注视，短暂的时刻，流连忘返！

李白在长安的大街上由头走到尾，沿途遇见熙攘的斗鸡者，还有玩小把戏包括舞剑器、耍百尺竿的。使他惊讶的是斗鸡者乘七香车而来，明亮的衣服和帽子正像涂着狐狸油膏，爪子镶金，李白不得不贴身回避，郁闷中顿觉人生的玄妙无常。

在许多个寂寞的长日之后，就像在一个金铜色夕阳的下午，身后麦穗涌动，阳光直射土壤。李白走上大道，奔赴那些玄妙的游戏。他不是谦谦君子，不是小气的道德家。他斗鸡颇有气概，并未弃置腰间长剑。相反，它始终在那儿，直指天空。一天结束，诗人悲愁地想到，他离那个答案近了一步，却又更糟心。是谁在他心中安置了这个难题，谁使他陷入问题？要抽刀断水。对疑难的存在之流要一挥而断，不可迟疑。就让洪流奔腾从天上来。最突出的太行之巅，最没有疑问的高处也覆上深深疑问的积雪，让求索的道路都凝结坚冰，类似羊肠坂。如此一番之后，人生之谜也许可以不经意间一挥而弃，开辟灿烂的未来！

未来却是逃亡的秋浦。

几株短小的松树，倒在月光下。除此之外是土和岩石，月光使平凡的物体变得凛冽，切断了逃亡的道路，直到把走夜路的人都送上山峰的刀口。李白夜深了才到达这里。那以前他一觉醒来，头脑中依稀还有痛苦的梦境，发觉自己面对整条大江，却只有一个洞——权充想象的出口。

从门到窗子是七步，从窗子到门是七步。每天早上，冬日无力的太阳固定地照进那一方铁栏，并且随着日子推移，囚徒也在地上挪动，待在一小块阳光里。今天它出现在正上方那一栏里，比起最开始，已经走过三根铁栏，这说明李白到浔阳狱已经很有一段日子了。每天晚上，是清冷的铁，和远去的江流

涧底束荆薪，归来煮白石。——韦应物

君莫向秋浦，猿声碎客心。　——李白

的梦境。你要随大江远去，还是在这石头和铁的空间中直到死？不，铁就在他的身体上，一种冰冷的感觉，铁对他就像部族符咒之于玛雅人，是最后一件证明身份的东西，它约束着他回忆起自己叫李白，是那个从永王璘叛军中脱逃的罪犯。至于江水，到底有没有呢？是个谜。似乎它就在外边，拍打石头牢壁，想要带走囚徒李白。但这时节的江水应该难以流动，说不定结冰了。

交战的那个晚上，北军每人打起了两只火把，火光熊熊照亮了江面，永王怀疑江水突然封冻，北军在踏冰渡江了，他带头逃跑，结果乱军溃散，李白也慌忙逃命。“我一边跑，一边想：这不过是虚幻的，就像冰是虚幻的，那些虚幻的火把，永远不能追上李白，凑着他的脸照着说：‘看哪，这个罪人。’它们不可能将李白照出一张罪恶的脸。除非火光本身中含有罪恶，但这是无人敢明言的。李白比吹拂火焰的风跑得更快，能攀上比星星更高的地方，一种透明醇冽的液体将洗涤一切，包括衰老和罪恶。但我最终没有逃脱那些火把。我逃到了彭泽县，一个和陶渊明有关的地方，就走投无路，因为在十二月的寒夜里，我被冰冻住了。”李白僵缩在一片芦苇丛里，看着火把远远而来，探头吞噬黑夜，忽然问答：“有没有？”“有。”“在哪儿？”从不远的草丛里，忽然蹿出一个悲哀的声音，可是这声音就像戴了镣铐，只蹿出一尺，就在众多的扑击下死去了。

李白知道这个声音，属于一个姓李的副将，昨天还在一起喝过酒，并且他也能作两句诗。他比李白更先伏在这片草丛里，因为伏得太久，已经包裹着一团冰凌，和李白一样，他没有火来暖身子。火把！这时李白忽然热切的盼望它们了，那些火把似乎就要离去，他喊了一声，自以为很响亮，其实很微弱，但这已经够了。

宋若思、崔涣他们走的时候，在县门外摆酒，车仗已经出发，一些士兵披着铁甲，轻微的“唰”“唰”走过，这些士兵不是来抓李白的，他们跟着宋若思去北方，安庆绪还待在洛阳不肯挪窝。李白现在也不再是囚徒，他和恩人宋若思一起喝酒。宋若思举起一杯酒想喝，又放下，说:“老李，跟我一块走吧，去北边，还可以戴罪立功啊！我一走，可就没人能保你的安全了！”李白自己面前的酒没喝干，又去拿酒，一伸手，碰倒了自己的杯子，这也许是因为他刚从牢里出来，手腕还有镣铐的瘀伤，不太灵活。“戴罪立功”这个词，也随着酒流干了。

“你走吧，李白老了。比起上远方去打仗，我更善于在后方等待，怀着初恋的洁净心情。我像包着红头巾的姑娘，在大雪纷飞中走上河岸，又仿佛是漫天梨花飘舞的季节，我的手里只有一桶水，心中却仍有无穷怀念的歌。我会是最好的等待者，在黑夜里等待，当悲伤在大街上像黑色的蚂蚁横行，当一瓶墨汁渐渐凝结成冰，当别人已经忘记了等待，甚至忘了他们等待的那个名字，我纯净如昔，因为和他们不一样，我善于苦苦等待。”

但李白在浔阳等到的却是抓捕的消息。

夜深了，李白才到达这里。起初，白昼的光芒完全消失以后，逃亡中的他觉得平安了，想随便找个地方躺下来，美美地睡着，在黑暗的庇护中，随便哪个地方都是故乡，哪个旮旯都是藏身的地洞。不料刚刚出城，月亮就出来了，它从县衙大屋子威严的阴影里跳出来，在它的追踪下，李白一口气狂奔到宿松县的原野，月光不仅赶上了他，而且渐渐越过他的头顶，悬在道路前方，一寸寸切断了道路。这不是李白熟悉的圆月，这是一把弯刀，每一条月光是一片刀刃，埋在前方的道路上，李白的脚踩上去，感到钻心的疼痛，他走不动了，挣扎到一棵小松树下面，暂时避开月光。难道他还有力气再逃下去，有力量翻过那山峰的刀刃？ 李白像一条昆虫抬头，看到远方山坳透出一线灯光。那线灯光没有捅破一层纸，它在世界后面闪烁，李白抬起伤痛的腿脚，走向这个世界。他好像是一辆盐车在翻越山坡。在太行山，李白看到过一辆这样的盐车翻越羊肠坂，车轮和车辙在冻土上擦出深痕，深深碾进了无情冻土的胸膛，从伤口里产生了一种回响深远的声响，就是李白后来吟咏的《行路难》的调子。李白在沙坡地上留下了深深的痕印，最终翻越了那道坡，来到灯光前，逃犯与安宁的家庭世界只相隔一层纸。

但是难以捅破。

对于离开了家乡，穿过蜀葵林，顺一条内陆的河流走去的人，灯光始终是平安。它从油纸伞的深处透出，一种女性的微红光辉，它覆盖在小商贩的箱笼底下，类似灯芯草蕊里的小小蓝色火苗。隔着河流，想到我们都是稻草人，一个举子会因此潸然泪下。对于前不久从凤翔出发，去羌村探望妻子的杜甫，灯光是传达给邻人的信号，也是相互确认的必要。在深刻的夜里，又一次点亮了灯，老杜和妻子爬起来面对面，剔除了语言、亲吻和小河的流水声，一切的感觉，仅凭光，再一次相互确认。微弱的火是不是还在你的眼底闪烁，干瘦的肌肉深处，灵魂是否依旧是绿色。

李白忽然想起自己的妻子，她是不是还坐在这样一处灯光下？当初在兰陵相遇的时候，李白就知道她是清冷世界中的族类，葆有一棵灯草的灵魂。李白已经远远离开了内陆的葵林和河流。也许，今夜她正在这盏灯下，等待和他相互确认，经过了一场战乱，需要再次确认一个囚徒、一个爱人、父亲和离弃者，她用一层纸的世界来庇护和责备他？她决不是原地不动的，不是树林后面的一片湖泊，倒像是他游走道路中的一个个里程碑，忠实地蹲在路旁，有所期待又清静无为。他以为已远远将她抛在身后，没想自己常常在走回头路。但是他能认出她来吗？

就在灯光的世界相隔的这层纸外面，李白倒下了。醒来时，面对的是一张老妇的面庞。这张脸由于关切，凑得很近，显得很大、很突兀，阡陌纵横，金红色的悬崖上，泪和汗冲积出多年的壕沟，在一些褶皱处还停留着泥土。公元一九七五年，一个叫罗中立的人走进大巴山的一个小村落，拾粪老人为他端出一碗水。这碗水里倒映的面庞震慑了罗中立，荒原仅剩的一碗水。这碗水现在就在李白唇边，这张脸庞露出了笑容，说：“走路走昏了。”

李白看着她，恍惚中惊讶：妻子忽然变得这么老了，似乎是一位老母亲。“我隔壁的春水，是她帮忙，我一个人哪里把你弄得到床上。”她把水碗放在李白头边，就转身坐到油灯光下，系上纺线的腰带。织布机熟悉的簌簌声在屋里响起。李白明白这是 位大娘的屋了，他睡的也许是她儿了的床，儿了也许和他一样出门远行了。

李白看看老妇端端正正的后背，四周的水缸、锅灶、农具、几个木墩。这里有一种土和木头的天然统治，没有油漆、铜锈和香粉味，铁的气味也减少到必需，两三把锄头和一把菜刀都染上土或猪草的气味。所有的东西和平而简单。只有李白不一样，也许，李白的到来会伤害这一切，“我不仅是个路人，甚至也不止是个囚犯。我眼中见过的东西太多了，已经不再是当时走出内陆的那个儿子。我见过了都市的霓虹灯，凝望过大明宫的雕栏画栋，还有宫门前那个形制奇特、暗伏机关的铜匭。我还带着太多的文字。在这个乱世上，这里和平的一切可能也只是一张薄纸，一捅就破。”“母亲！”五十岁的游子李白呼唤。“我还是离开吧！”他下床开门，母亲拦住了他。“你坐下！你有什么害处？我哪点也看不出你像个罪犯。如果说你是，那么就是这个世道倒过来了。你不过和我那出远门的儿子一样，是个不思家的浪子罢了。”她轻微的责备无法违抗。李白坐到木墩子上，母亲摇摇摆摆走向锅台，端来一大盘子饭。李白认不出碗里是什么，似乎是小米之类，入口的味道却更细，也更香甜。母亲说：“认不得吧？这是雕胡饭，是种田人才吃的饭！”李白大口大口吞咽，有棱有角的菰米擦下喉腔，感觉非常实在，一粒粒都记得清楚，和几十年里吃惯了的鱼肉可太不一样了！ 忽然听到“笃”、“笃”的声音，混合在母亲的织布声里，母亲似乎不经意地解释：“这是隔壁春水在舂米，她只有一个弟弟，日子也过得难啊！”

母亲不知何时吹灭了油灯，打开窗户，原来月亮已经很高，雪一样洒进屋内，李白手里的雕胡饭变成了雪白色。李白抬头，看到月亮在对他微笑，哦，它不再是追捕他的那个月亮了，又变成了小时候玉兔和嫦娥居住的月亮，灵魂得到安宁，李白不用再奔逃了。他该多么感谢这里！母亲似乎看出了他的心事，她絮絮地说：“吃吧，吃吧，其实这饭也不是我老婆子一个人弄得出来的，春水帮我舂的米。”

春水还在舂米，她瘦弱的臂膀也许太累了，声音一点点小了下去，似乎是在给母亲的纺线声提供节奏。李白珍重地咽下了最后一颗雪白的、透明的饭粒，他感到，自己从没有这样贴近母亲和姊妹，长期以来身体中积累的混浊部位，在渐渐变得透明。

游子吟

下第那年的整个夏天，王维和其他许多失意士子一样，待在长安城没走。

每到夏天，长安靠近曲江一带的中档旅舍和一些寺院里，都住满了士子，他们经常凑成一堆喝酒聊天，寻花问柳，偶尔也拿出诗赋卷子翻翻，给家人的信中就说自己在“温卷”。王维结识了一帮朋友，特别要好的有綦毋潜、储光羲这些人，过得倒也安闲愉快。

等到天气渐凉，人也渐渐散场，各自寻找门路结交阔人，等待明年推荐。性格本来内向的王维，走动了一阵子没多大效果，也就静下来。静中对于物象的变化，感受很清晰。纺织娘在旅店灶台下开叫的时候，人的思乡之情也醒来了，一醒来就分外浓烈。就像沉睡许久的婴儿，一旦醒来，啼哭声也分外响亮。

到了九月九日重阳佳节，正好是个难得的晴天，草上初次落了几乎看不出的清霜。朝阳使地面冉冉冒出蒸汽的时候，王维就忍不住抛下笔砚，跑出去了。

起初王维走过一些青黑色树木荫蔽的小街，这些树似乎介于槐树和榆树之间，是二者的近亲。它们在平凡的街道上开启了青黑空间，指引人离开日常的路数，往思念深处走下去。王维一直走到青黑的树木和街道一起消失，走过曲江和乐游原，也就是今天的大学和高耸的铁塔，穿过南郊的田野，一直走到翠华山山脚下。砾石裸露的土地开着雏菊，探头争夺这浓雾日子里的阳光。顺着溪水上行，有茅屋人家，比起山外的房屋，显得更接近石头和木头的本质。有的屋子整个像一株斜生在岩石堆上的空心老树，烟熏火燎。

在这样的一间屋前，王维意外地看到一群人，除了一家老小，大概还有左邻右舍，那个背着包裹想要告别的青年显得很无措，因为他面前是低着头拉住他的手只管悲伤的母亲，还有拘束地站在对面，只拿眼睛盯着他的妻子。因为只能用一双眼睛来泄露所有压抑的痛苦，眼光就变得很异样，使他多一刻也忍受不了。他只想逃开，离去，坚守住自己心中那点想法。他们要用告别把他的头脑彻底弄糊涂了。也许他还是留在家中好些？但他和亲人们都知道，这不可能——家里除了贫穷就是屈辱，远方总算还有希望！

幸好，一直没说什么话的父亲走上前来，掰开母亲的手说："叫茂财走吧！"一线阳光射进茂财的脑子。他举起从母亲手中解放出来的手（眼泪的濡湿使它变得沉重），再次拜托乡亲们照顾二老，他迟则三年，早则二载，一定要回来的。他在心里，觉得这句话是专给妻子说的，心中涌起难言的温情。他想起那些无尽的嘱托，一次次的拖延，从无到有，由粗到细，越来越胀鼓密实的包裹，五更天，妻子的手还最后一次打开它，再放进去两双带着指头温度的新鞋垫。他们把这么多的重量压在他肩上，使他只能用力地好好走下去，到山西，到范阳，那里的阳光和天气都很粗粝，人们披着铠甲，用相互辱骂和拳头来打招呼，到那里他只能卸下柔情的重负，珍重地收在心里，把自己的身体当成一个粗麻袋来保护。

从海边回到故乡的第一天，孟浩然写下了这样不疑的诗：

山水观形胜，

襄阳美会稽。

身边已没有小孩子挖荠菜。但是孟浩然的话仍可作数。他确实不是个说话不作数的人。

直到王昌龄去看他，孟浩然再未跨出篱笆一步。那天晚上，在王昌龄眼前，孟浩然猝然死去，把生和死都留给了故乡。他似乎是特意等待朋友来作见证。的确，那个时代里很少有人完整地把生与死留给一个地方，包括王昌龄自己。

“他祝福了自己的故乡。”想到这里，一心渴望万里长征的王昌龄，自觉一丝悲哀。

有一种传说，孟浩然在归乡的路上，遇到了几十年后才出生的孟郊。这种传说的证据是一首叫《示孟郊》的诗，诗中描述了秋草遮蔽旷野，美人蕉和兰草的花朵凋谢，归乡的老人和离家少年在路上相遇。也许，传说可以倒过来：五十年后离乡的孟郊，在去长安的路上，遇见了前辈孟浩然，并且记下了那首诗。有了这首诗，离乡者孟郊常爱唱的那首歌也变得容易理解，也许正是他对前辈孟浩然的应答。这首歌唱的是孟郊离开家门的头一夜，油灯彻夜亮着，第一次离家的儿子辗转无眠，偷偷注视母亲在灯下缝补行装。油灯光昏黄，母亲和她的手势，蒙上了温柔的朦胧光辉，渐渐地母亲手中捻着的那根线，在儿子眼中化成了从母亲心里抽出来，通向远方的道路，孟郊在这头，母亲在那头，两颗心像两处针脚牵扯，分也分不开，那件离别之衣，完全是一个针脚一个针脚连在一起，密密麻麻，剪不断理不清啊！油灯光渐渐暗下去，窗外渐渐明朗，天亮了，行装缝好了最后一针，母亲在心上打好了最后一个结，终于要放手让儿子去了！那根已经无用的针，被她别在了心上，这样每一次疼痛，都会强制性地使她想念起儿子，就像赎一种罪，在痛苦中，她深深地感到，母爱是有罪的，因为她爱得太痴，才会导致儿子今天离开她，她只能隐忍等待，也许会得到宽恕，儿子从线的那头尽快回来。

儿子发现母亲意外的无言，他穿上了离别的新装，接过了伞和包裹，站在那条通往远方的线上，这条线穿过草地，草地经过春天的生长，现在已有些沉寂了，春天给了它们雨露和光线，可它们的生命力太贫乏，只生长了一季，还是短短的，丝毫没现出参天大树的模样，现在却开始萎败了，拿什么报答春天？ 孟郊踏上了线远去，一步步扯得母亲的心痛，走得越远越疼痛，他到底要走多远，多久，谁能保证他会回来？只有他能挽好母亲心上的线头，拔下那根针。

多年以后，在溧阳县荫凉的投金濑，据说是伍子胥当年遇到浣纱女子的地方，五十岁的县尉孟郊躺在凉床上，凉床脚下是溪水，风吹来浑身舒坦，舒坦中孟郊的心忽然痛了一下，像有个人在使劲扯他，他想起了母亲！母亲还住在老家，只有一个妹子照料，住的还是茅草房子。三十多年来，他顺着那条线越走越远，从来没想到回去，想到了也不敢回去，母亲缝制的鞋都穿烂了，他像孟浩然一样领略了长安世态，仍然没能穿上厚实舒服的官靴。前一年，胡子都花白了，总算中了举，洋洋得意，以至于引起一些人的不满，把他弄到这里当个小小的县尉。当了县尉，又每天不理政事，到这里游玩，弄得县官另找了个人来代他，只发一半的俸钱。甭管怎么说，现在总算有吃有穿，也有住的地方，他却整天乘凉，到现在才想起母亲！

孟郊从凉床上蹦起来，他感到了罪。赶快，赶快把母亲接来，母亲的心此刻也一定在痛，因为母子的心终究还是相连的。孟郊在这头乘凉，她却在那头默默赎还母爱的罪。快收起那条线，解开心上的结，拔掉相思的针，远行的路已经走完，长安并不比家乡两间茅屋有意义。是该消除一切罪孽，卷起离别之衣的时候了！

荷尔德林三十岁的时候，在洪堡贡塔德家族的饭桌旁，仆人和主人之间的那个位置上进餐。他不得不时时注意整理家庭教师的制服，免得露出下面有补巴的内衣和袜子上的累累破洞。他已经好久没有收到来自母亲和妹妹的包裹，不得不写信去催。袜子上补巴的针线出自远在故乡施瓦本乡村的祖母、母亲和妹妹之手，她们从他十四岁进登肯多尔夫修道院寄宿起，就一直为他缝制内衣裤和长筒袜，每当他到达一个新的地方，图宾根、瑞士或洪堡，她们总是收下他邮寄回家的穿破的衣袜，补好以后寄回，并且在旧的中添上新的一批。在信中，荷尔德林又一次告诉母亲，他会成功，成为享誉德意志的大诗人，他也将从此完全自己养活自己，免去亲爱的她们的负担。虽然母亲当初的愿望是指望他做一个牧师，拥有一个自己的小教堂，受到邻人的尊敬，他终将向她证明，自己的选择没有错，是出自神意。

作为鼓舞信心的例证，荷尔德林在25岁那年告诉了母亲一个秘密：他得到了一个诗歌的大人物，或者不如叫半神——席勒的宠爱。他时常穿着寒酸的燕尾服，去到席勒那安静的、不常接待人的小客厅，并且在那里还见到了诗歌的皇帝歌德，虽说由于不小心没认出来，和他擦肩而过。“我要广泛地赢得我的祖国德意志的注意，人们会关心地提到生养我的故乡和我母亲的名字。”

从那时起，已经过去五年了，荷尔德林没有出名，恩人席勒只是每年选择一首诗放进他编的诗歌年鉴，而拒绝所有其他的诗，似乎是要他在文坛上留下一道依稀的伏线，而不是实在的痕迹，这种吝啬的恩宠使他疯狂。他最近在绝望中写给他的信没有回音。荷尔德林刚刚从贡塔德家族里被赶出来，因为他那可悲的、对自己学生的母亲贡塔德夫人的恋情败露了。她的年龄比他大得多，不如说像是他的母亲，可是他就是那样爱上了她。他被男主人打了一耳光，像一条狗似地被赶出来，眼下还不知道到哪里去。已经清楚，大诗人的未来是不可能的了。

“终于，青春啊，你燃尽了。”他这样对母亲写道：“我在这围绕我的冬天里感到寒冷和麻木。我的天空铁一样的坚硬，我像石头一样的冷漠。还相信我的人是如此稀少。在这个贫乏的时代，诗人有什么用？单纯依靠写作为生是不可能的。也许只有您，母亲啊，还相信您这个纯洁的孩子。让我回来，回到施瓦本，你的房屋，像破损的船只回到永恒的港湾。”

荷尔德林急切地等待着母亲的回信，他知道，自己的日子已经不多了，精神在长期的向上挣扎和对深渊的挑战中已经走到了极限，他已经拥有了甜美的夏天，结出了《恩培多克勒》的辉煌果实，现在严冬已经到来，最后一丝霞光在消灭，精神即将跃入深渊，就像恩培多克勒一样。“有一天，我曾像神灵们那样生活，如今别无所求。”

他真的不再需要什么了吗，这长不大的孩子，无法自立的孱弱游子？他需要的是一个安静的地方，温和的氛围，让他受够折磨的灵魂缓缓沉入黑夜。否则，一切会演变为暴烈的、毁灭的疯狂。只有母爱能够抚慰荷尔德林，甚至为他不安的灵魂提供几十年的人间坟墓：一间幽禁的阁楼，一个叫斯卡达里尼的名字。

玄武门

有一座城门，长安城里的人们视而不见，避而不谈，或者只在黑暗中压低了声音提及。如果在你心里产生了阴影，使你在正午欢乐的大街上、熙攘的人流中突然惶恐不安，如果你觉察到事物暧昧的来历，赶快去查教科书，那样你就会得到答案，答案的第一段是这样的，在这里可以不厌其烦摘引下来：

“太子荐元吉北讨，欲因其兵作乱。长孙无忌、房玄龄、杜如晦、尉迟敬德、侯君集等劝秦王先图之。王乃密奏建成等与后宫乱，因曰：‘臣无负兄弟，今乃欲杀臣，是为世充、建德复仇。使臣死，虽地下，愧见诸贼。’帝大惊，报曰：‘旦日当穷治，而必早参。’张婕妤驰语建成，乃召元吉谋，曰：‘请勒宫甲，托疾不朝。’建成曰：‘善，然不共入朝，事何繇知？迟明，乘马至玄武门，秦王先至，以勇士九人自卫……建成、元吉至临湖殿，觉变，遽反走，秦王随呼之，元吉引弓欲射，不能彀者三。秦王射建成即死，元吉中矢走，敬德追杀之。俄而东宫、齐府兵二千攻玄武门，闭不得入。接战久之，矢及殿屋。王左右数百骑至，合击之，众遂溃。帝谓裴寂等曰：‘事今奈何？’萧瑀、陈叔达曰：‘……秦王功盖天下，内外归心，立为太子，付军国大务，陛下释重负矣。’帝曰：‘此吾志也！’乃召秦王至，慰抚之曰：‘朕几有投杼之惑。’秦王号泣不能止。建成死年三十八，长子承宗为太原王，早卒；承道安陆王……承明汝南王，承议巨鹿王，皆坐诛。”（《新唐书·列传第四·高祖诸子》）

答案并非到此为止，它是自行增殖的："神龙元年，太后有疾，久不平，居迎仙院。宰相张柬之与崔玄玮等建策，请中宗以兵入诛易之、昌宗，于是羽林将军李多祚等帅兵自玄武门入，斩二张于院左。太后闻变而起，桓彦范进请传位，太后返卧，不复语。中宗于是复即位。徙太后上阳宫，帝率百官诣观风殿问起居，后率十日一诣宫，俄朔朔、望。废奉宸府官，迁东都武氏庙于崇尊庙，更号崇恩，复唐宗庙……是岁，太后崩，年八十一。"《新唐书·列传第一·后妃上》

"……俄而临淄王引兵夜披玄武门入羽林，杀璿、播、崇于寝，斧关叩太极殿，后遁入飞骑营，为乱兵所杀。斩延秀、安乐公主。分捕诸韦、诸武与其支党，悉诛之。枭后及安乐首于东市。翌日，追贬为庶人，葬以一品礼。"《新唐书·列传第一·后妃上》

有了这些标准答案，你就能摆脱刚才的阴影，继续享受眼前的欢乐了。整个长安都在欢乐，有欣欣向荣的葡萄、鲜花和妓女，有百戏，高鼻深目的昆仑奴，更有"美国"式的梦想：一个灰姑娘变成皇后，随之她的哥哥当了宰相，姐姐们做上国家的诰命夫人，据乡亲传说，她的腰间可还有旧日系布裤带勒出的永远消不去的印痕呢，她的名字"玉环"就是美化或掩饰。不过后来又传说她是蝉。这故事引得家家户户都指望生一个美丽的女孩，再把她送到一个舞会上去。一个和尚走了大运，成了天下第一大寺的主持，发雄心建造了“史无前例”的巨大塑像，虽说这些塑像的模子刚刚成形，就被大风吹倒了，可已经有了模子竖起来的壮观一刻！

曾经组织了一次大规模的以“和平、友好”为主题的东西市赛会，这次赛会的最大后果，谁也料不到，是让一个东市叫善才的和尚一举成名。他使久负盛名的西市琵琶高手康昆仑丢尽了脸。因为他出场时扮成了女性，结果造成了很多家庭不和，这些矛盾的解决又使人啼笑皆非。他这一招也许开辟了女驸马或孟丽君的传统吧！

曲江边专门有一条卖胡货的街，堆满了香粉，弥漫诱惑的气味。香粉现在时兴胡地的，就像酒店里的女招待十有八九是胡姬。抛头露面卖胡粉的漂亮小姑娘和没来由老是买胡粉的少年，闹出了可笑可悲的故事，爱情的惊慌还未转化为甜美，就带来了死亡，让人泪洒青衫，好在结局又起死回生，显示了这个时代的全部荒唐和浪漫。

李白从阴雨的玉真公主别馆出来，在光辉耀眼的大太阳底下两眼发了一阵黑就赶紧低头，走进了酒吧。玄武门固然让他遭了点小难，因为“北门”就是玄武门哪，只是李白没明说，但毕竟没有造成既成事实：还未铸成定局就被人救出来了。也就可以说：已经过去了，或者根本不存在。长安原谅了你，你还是长安温顺的、混在众人中取乐的儿子。

只有当你好了伤疤忘了疼，大骂你以前曾热情从事的全民竞技运动：斗鸡；当你不承认灰姑娘可以变成皇后；当你大张旗鼓地赞扬玄武门历史的目击者；你才给找了个台阶踢出长安。应该对每一个新到长安，尚未领略长安古意的诗人或是有诗人前途的人告诫：不要提到玄武门。应该把这个问题作为答卷规则，写在科举考试的卷头上。

这里有陈子昂的教训。他初到长安的时候，玄武门刚刚增添了一段历史，而在他待在长安的时候，玄武门又产生了新的历史——告密。陈子昂很近地凝视过那个铜匭，靠近出口塑造的青蛙形象来自远古，夜间接纳诡秘，清晨吐出灾祸，这些灾祸也类似远古雷霆。他惊讶自己能离它这么近而不致命，当然在旁人看来，他也许是铜匭的开启者或同谋，掌握着通向灾祸的钥匙，他的一举手一投足都会生造出恐怖。诗人有了一种幸福感，就是他还没有担任这样的使命。这也许是时代剩下的唯一幸福感。在幸福感中，想起玄武门历史中那个叫上官婉儿的史官。她的额头上有一个金印，是皇帝敕旨刻下的。这表明了她背着一个罪。罪在她祖父时已经种下：洛阳郊外隋堤上的清晨，老年高位的潇洒时刻，洛阳隋堤上，月下脉脉的广川，高头大马缓缓驱策。

黎明！神奇的字眼，熹微的晨光，甚至不能叫“光”，不能叫光束，不能那么强烈。似乎完全在夜中，月影里万里似冰，素淡的道路，与白天坚实的路面有不同。弄臣上官仪有了诗人的领悟，因此预言了自己的罪和死。但上官婉儿手中也掌有金印，随时可刻到别人额头上，这似乎是惩罚者玩弄的圈套。在玄武门的历史中，她的角色因此暧昧不明：是诗人、弄臣、罪人或主子？（或者换一个时代来说，是囚徒还是帮闲、帮凶？）陈子昂构想她生命中的一些场景：一天晚上，突然灯火通明，帘幕晃动，四处传来厮杀声。玄武门关闭了。上官婉儿站到城头，看到节愍太子就站在城下，他和他那帮人举着火把，熊熊地照亮了紧闭的玄武门和他们自己绝望的脸。那张熟悉的脸！平时还偶尔在她面前浮现。他是一个有才华的青年，她听宋之问他们说起过！可他同时还是太子。而她从额头打了金印的那天起，也许从祖父被杀那天，就成了诛杀她祖父又给她打上烙印的天后的弄臣，就像祖父本人。

太子的剑指着她，叫道："上官婉儿，你下来，我要杀了你！"剑尖在滴血，这血使她恐惧。她是屈服于这种恐惧，如他所要求，投到他剑尖之上；还是死也不离开这里，让玄武门来保护自己？在这城头，紧挨在中宗皇帝身边，她是安全的。她在恐惧中知道。但她的心却像秋风中的帘幕一样灰败了。她有一天会在城下！也许现在城下绝望的太子是她的爱人！疯狂吗？她生命中的哪些事情可以理喻。太子绝望的脸上却露出一丝狂喜，因为那血属于武三思——昨天还耀武扬威的武三思，似乎是她的同党或姘头。这狂喜比绝望更使她恐惧。太子的剑慢慢收了回去，横过自己的脖子。他倒下了，倒在玄武门的阴影里。是她逼太子走上了绝路。

以后另一个夜晚，玄武门再次火光熊熊。这一次城门大开，城楼上空无一人。上官婉儿倒在玄武门的阴影里，太子陈旧的血迹上，类似殉情！当然，也可以定性为偿还血债，在一个斗争严酷的年代。这样，她的角色就更晦暗不明了，而又加深了玄武门的隐秘。

当老杜和高适、岑参、薛据等人登上大慈恩寺塔，先要经过幽暗的、枝桠曲折的内窟，一层层盘旋，如同探索迷宫，这使老杜觉得长安的某些隐秘，包括上官婉儿的秘密，就埋藏在我们脚下，物体光线的背面。

不久前，太子重俊和他的两个弟弟被圣旨处死，起因似乎是巫术。百姓昨天在兴庆宫的高楼上看见他们红缨银带，是万人羡慕的快乐王子，今天却看到广场的布告。布告之外，一切深深封闭在玄武门里。疑团沉积纠结。

老杜随别人上到塔顶，就看见了长安南郊的原野。我第一次去那里，看见很多防空洞，防空洞深处，幽暗的拐角和灯光下，常常上演“三头人”、“鬼界大观”之类节目，一阵阵阴森的音乐飘上地面。在塔身四围还有很多和尚的骨灰塔，都呈铅灰色，烟熏火燎，添上万千刻痕。许多夜晚，郑虔来这里偷偷打开一间仓库，在清洁工收集的大堆落叶上写字。他甘愿把心血涂在“纸”上，和泥土、骨灰、香灰一起埋葬，成为旧的寺院的劫灰、新的寺院的地基，这样做也许是因为知道他自己的命运和文字，将像自然之物一样贫穷和转瞬即逝，却期待着在未来某个时候复活，比如春天，没有对春天的向往，冰冻三尺的西安的严冬，没有一颗热的心能够捱过！

在今天，一群名字和文字果然复活，由于消失太早又集中重现，来历透着诡异，使人不知所以而迷路：曲江池、乐游原、韦曲、秦宫，等等。这些不露面的名字和塔与洞一起，形成某种气氛，我忽然觉得韩东在《大雁塔》里完全没写出来，正如他所说，只是上去又下来而已。这种气氛暂时构成了我与老杜之间的联系。老杜看到的景色要明媚得多，和其他人看到的一样：雀护以后将漫步的桃林正万紫千红，田野里的青蛙很快乐。明媚的曲江池、乐游原、感业寺、燕子楼。远处可望见秦岭，苍翠之峰似借景，也许是巧妙的设计吧？ 但老杜偏要掉头北望，就看见了一片城墙和黑压压的城阙，繁华的狭斜大道的入口——朱雀门遥遥相对的是玄武门，可以说是狭斜大道通到了它下面。玄武门高高突出在整个长安上空，对老杜是个威胁。

老杜忧心忡忡往远处一看，在他眼里情形大变，闪出破碎的秦川，渭河两岸有许多坟，一代一代积累下来，是历史的破绽，也是大地破碎的原因。无疑，这使老杜孤独，使他拥有不同于朋友们的登高。如果有，那是在几年前的单父台，同伴是李白、李北海太守，还有今天一起登高的高适。

单父台是古代单父宰也就是宓子贱的琴台，他除了是孔夫子的弟子，还是少有的良吏，单父人民为了铭记他的事迹而筑台。有了台，也就有了事件，不断产生登临、怀念和流传。一方面轻松愉快，另一方面，又完全是一桩重大事件。这不仅是对于跟随李白的青年老杜说的。其实，从古以来的每一次登临，都是一次重大事件。在台上，大家眺望原野。如同星夜袭来，桑树和葵藿的碎叶飘飞，孤独的野兽在号叫，这片荒野可以说是那隐身的主人单父宰的遗迹。喝着酒，先迎风洒了一杯，献给这片原野上良吏的灵魂。对良吏的怀念铭心刻骨又不可思议，因为这不是一个名字，而是人生的目标。良吏宓子贱离开他的老师孔子来到单县时，这里还没有桑树，也无葵藿，土地是破碎的，河流泛滥，管理更是一团乱麻，使得任何事情成为不可能。良吏带领大家栽种桑树、葵藿，桑树的根系联结了土地和堤坝，又调匀了雨水，葵藿则带来丰收。宓子贱撤回了那些管理者，自己来到台上弹琴。这就是“鸣琴而治”，也是夫子对曾点赞同过的理想。这理想对于此刻站在大慈恩寺塔上的老杜或高适，更不可思议，又令人神往。

若干年后，在封丘县的县衙大堂上，县令高居正堂，县尉高适长身立在台下，三年拖欠租税的王小二，刚刚被里长拖上来，县令一声令下“打”，王小二的哀求“实在没饭吃啊，八十岁的老母都饿死了”淹没在夹棍的风雨声里，变成呻吟，呻吟起初尖锐高亢，后来却渐渐弱小，像是从一只麻袋中透出。目击者高适内心某处渐渐感到被击打的钝痛。他望了县令一眼，县令面无表情，闭着眼睛，似乎在倾听棍棒击打在麻袋上的扑扑响声。

高适犹豫了一下，下决心挥手：“停！”县令睁开了眼睛，斜眼看着高适。高适出列，拱手请求：“是不是可以宽限他几天？再打，他怕站不起来了。”县令忽然勃然大怒：“不知尊卑，你以为你是谁？你是本官的下属！你哪来的胆子，干涉本官审案？”高适讷讷想说什么，没说出来，县令又道：“快退下！再目无长官，连你和刁民一起责打！”

高适奔入后堂，耳边还听得县令高呼：“打！”风雨似的棍棒声再次响起，王小二的呻吟却细若游丝。高适奔到一口井边站住，在旁人看来，他无疑起了受辱自尽的念头。

确实如此，他想到往常在长安，也时常和汉中王、宋若思他们一起喝酒，写几句诗，大家称赞，那时觉得达官贵人也没什么难以接近。两年前进士及第，在曲江饮宴，连皇帝也出席，骑着高头大马逛朱雀大街，接受欢呼。现在看来一切都是假象，在这个偏远的县城，小小的县衙里，半文盲的县令，叫他明白了自己到底算个什么！

黑豹乐队歌词："曾感到过寂寞／也曾被别人冷落／却从未有感觉／我无地自容。"但他突然离开井边，回到大堂上，王小二已被拖下去，地上留下一个血的身体的轮廓，非常清晰。高适站在血迹上，也就是王小二曾经的身体上，目视县令，慢慢取下乌纱。县令和衙役们惊奇地看着他，似乎他们，连同他们手中的大印和杀威棒，都被他这一意外的举动镇住了。是的，要有惊奇来摧毁这个世界，摧毁他们坚不可摧的脑子。

高适让乌纱跌落在血迹上。他没有停止，解开自己官袍上的纽扣，一颗一颗剥离它和自己身体两年的联系，最后让它和乌纱一样坠落到血迹上。他只穿着内衣内裤，像一个疯子或者真正的贫穷的诗人那样，冷笑两声走出县衙门。他留给县令和衙役们一个永难理解的姿态，就这样扰乱了他们今后的全部生活，使他们那坚固的堤坝上出现了一条裂缝，他们的大印和杀威棒落下时会心虚颤抖，不再那样万无一失。

但是走向哪里？姿态之后，该是怎样的行动？仍然只有去长安。长安有着向远方出发的丝和绸质的道路，可以在青蒙虚幻的起点等待、延宕，把终点的沙漠推迟到最后。

老杜抬头望秦岭，秦岭突兀出艰巨的障壁，千岩万壑，它对关中这片土地的意义不言而喻。老杜忽然想起李白的《蜀道难》来，路极度隆起、扭曲，失去人间道路的本性，类似青天的穹顶，使人疑心是通往上界的神的道路，但最终到达的，不过是充满了豺狼兽性的他乡。这首诗和眼前的远景，使他对自己的人生充满了预感，莫非那是自己将来必然走上的天路，又是绝路？

在平安中预知艰危的是诗人；身旁的高适、岑参二位，尽管也是写诗的高手，可他们只是渴望艰危豪迈。巴巴地抛弃舒适而平淡的生活，到边关投军，大漠烽火，白雪红旗从皮肤开始刺激他们的感觉，一阵冲动中诗就产生了。

长安的雨声中，老杜有时也想到戎马生活。但天一晴，阴暗的旅舍也变得明亮，空气中透过烘烘的槐花和黄土气息，使老杜似乎梦醒在家乡，在非常年青的早晨，四周是醒来的广大无边的土地。西安的街道是浑茫的，这点上还保留古长安的意味。它连带着我莫测的记忆，每个街口上都可能凝神停步，默然中注视，注视中是更深的浑茫。

在南郊，有一次我登上了楼顶，那是九月，长安暮景一览无余，高高低低的楼，在暮色大海中凝固的船只，彼此相向、相离，又不知要驶向何方，秦岭的背景，使这里成为太古的港湾。每个小角落里会有不同的遭遇，有恋人静默在大雁塔影下的石凳上，他的手掌揣上了她的乳房，俗称“掏馒头”。四处似有浓重的烟雾，人们也怀着深切的希望，又看不见清明的未来。这些年月让人溺于回忆，少年在心里迅速成了老翁。

日暮前的岁月是沉郁的诗，行行排律，音脚踏实，都有不大自然但自有理由的结尾。不能不选择，虽然有了玄武门，不能不执着于更大的理由，活着。老杜和身边的人都这样。

因为已经有那么多人死去，死亡变得陈旧，令人厌恶。

青春

那个夜晚，我徘徊在校门口喷水池边。喷水池的情景当时由于新修很美，夏夜成了人们围聚的场所。我看一会儿喷泉，又退到稍暗处犹豫、废然，终于迈步向青年教工宿舍楼走去。

那间宿舍里有太多的菊花，菊花多得地上容不下，成堆成叠。

在课堂上，老师上面讲课，我在写作一首诗。我的诗稍长如水，淌过寂静的下午山石。我沉浸在这股水中有好几个月了。在那节课上，我回到了寒河桥畔妹妹家，跟随妹妹一早出家门，过桥，走到下午的河。在水心一块大石头上坐下，似乎烟色的水浸过山石，这一切是静中分明感觉到的，不过是少年，却有消蚀得久远的无名的忧愁。这是因为生命太静！……张老师那时是个严肃的、深思的青年，几乎每节课，他要把一些西方现代的艺术观念传达给我们，《艺术概论》的课没要求他这样做，因此他在这样做时总是挑战似的激动。

这一节，他带来一本小书，上面有蒙克的《隔绝》的插图，他从我们座位间一排排过去，展示给我们。图太小，我不怎么看得清他刚才极力阐释的那道桥和它木质的可怕绝望。我故乡的水受到震动，依旧平静流淌。我知道张老师发现我的活动，有一丝惶恐，他也许感到受冒犯，却另有一种兴奋感，也许是盼望受他赏识。那天课间，他忽然来到我座位前，问了我在写诗，让我晚上去他宿舍，带上我的诗。

第二节课，我专心听讲，但我心里的水流得更清澈，一种异样的歌唱。我也许毫不怀疑这股流水，最近不断感到的，生命的新境界，会得到赞同，而这赞同是有力的。我的生命面临从未有过的前景，一贯沉静却无比清新。

在那我只去过一次就熟知路径的、菊花太多的屋子里，我惊恐地看到，张老师失望地，也许有点烦躁地放下了我的诗本子。他的烦躁也许是：诗怎么能这样写！我凉着心听他解释：诗不能是一道水流，而应该是水闸，应该把流截断，才会有释放和冲击。诗的元素不是想象，诗的元素是意象，把句子之流截断，凸出意象，才能凸出生命。

他谈到“意象派”，特别提到里尔克、奥登和中国的“九叶”。对这些名字我确实只知皮毛。现在我写下这段回忆，更惊讶老师的否定和我的自我多么针锋相对又不谋而合！这当时使我感到深层的绝望，仿佛走入了我故乡某个四面冰封的峡谷深处。

一切来源于该死的伤感，老师也指出了这一点：艾略特、里尔克年青时代也非常伤感。但以后找到了自己坚实的方式。艾略特说一个人过了二十五岁，想要再写诗，就不能只靠青春的感情了。我感到羞愧。但是，那一切完了吗，故乡的场景，美人鱼的情节，妹妹和山石……是的，完了，我再没写过那一类诗。

天啊，就没有另一条路吗？我记得我也写过一两首，那种男子气的、坚实的诗。张老师坚持说他看见过我写的这种诗，是那些诗使他对我留下了印象。是从何时起，那种也许是虚张声势使我厌烦了。也许我的本性不是坚实的；也许，是越来越增长的对女性和故乡的温柔渴望？

沉默了好一会儿。我没有想怎么办，眼下怎样继续。由于沉思和没有办法的、近于虔诚的哀愁，那时我的面容想必很感人。老师打破了沉默，问我除了诗写别的吗？我轻松了一些，说写的，最近写了两篇散文。老师让我拿两篇来看看。我感到他也松了一口气。我拿着诗本子离开了老师的宿舍。

喷水池边的我，手里就是抄过了一遍的散文，那也是故乡的记忆，关于一家坐落于河口和已不存在的渡口的医院、医院里的夜晚、夜晚睡着了的小女孩。那时没有复印的概念。渡船口医院的夜晚是夏夜，水声很响，却又总像与春天关联，春天四季豆花开了，母亲还“健在”，在园中摘长条的四季豆，我摘花。四季豆园边上有一孔废窑洞，现在可能还在，不被惊动，是不会自己变异的。我在窑内泛红的土地上站一会儿。母亲含着一丝笑意，笑意似乎隐而不露，看我摘的花，又编了花环。那个夏夜，星星的声音像水响，水在似乎很远、很深的峡谷里，真正的峡谷，下到河床意外广阔，有裸白的石滩和靠近废弃小水电站出水口的大片绿草，绿得发蓝。我们的家面临河谷，面庞无时不扑上水汽。可这会儿我领受的完全是星星的气息……星星一样的小女孩，也许还是女婴，暂时睡在我的怀抱，过不了几分钟，她的腾出手为她铺床的父亲，会重新从我手中抱走。啊，这几分钟，这极长的一刻，十六岁的我是做了一次父亲，还是初次的恋人？我的臂膀可以安枕吗？她根本不知道这一切是我，那个摘了四季豆花又一个人下到峡谷的少年，而夜晚在很快流逝，急得找不到口音，还是那么稚嫩，“小公鸡嗓”，就不在渡口了，母亲不再“健在”。连那种夜晚也不再在那里，随着小女孩（女婴）和她的父亲离去，我记得她母亲那两年在外进修，难得一见。再见到时她已不认识我，几乎已是少女，怎么能说：我是这个疑惑、沉静中藏着活泼的少女的父亲和恋人？

外面天空却有满月，镇子是平安的，平安得深、远，似乎永远不变……月光又升起在遥远的城市，带领我走过废然的路，走进教工单身楼，还从一处缝隙跟进走廊，支持我登上黑乎乎的楼梯直到顶端老师门前，并且敲门。如果说到这时，我仍有不可消除的苦难，那一定是因为我自己，不为任何人！

我记得门前近在咫尺有一条狼狗，这条狗正像所有狗那样浑身抽动着，由它的主人牵出门。张老师说，它算是一条纯种狗，鼻子不会哧哧到处乱嗅。可是在这教工单身宿舍楼里，恐怕也只能吃吃米饭。说完张老师就关了门。那是一个有太多菊花的夜晚，菊花收了一部分进来，还有的仍在窗台。老师说因为今天下过雨，夜气较清新，应该深深呼吸。

在呼吸中，老师打开了我的散文。“打开”，就像打开心灵、衣衫什么的，使我感到梦幻的气味。我记得使我安心的是，在老师的阅读中，一直有和着月光的菊花的清新呼吸，文字不再焦灼。那个夜晚我看来等到的是喜讯。老师什么作家也没再跟我谈。屋子里又非常寂静，我觉得这次不是藏着绝望。不知怎么，老师又谈到我的诗，难道他以为我的诗又有希望了？喜讯是否从那遥远的夜晚出发，我指的是哪一个夜晚？在这样西安的一间筒子楼里，有这么多的菊花，又恰好有多的月光，菊花堆都堆不下，实在不可思议！

在归途中我忽然想到：我的月光和水声的诗歌跟同样是月光和水的散文，为什么一个好一个坏？

我没想通，加紧学写“意象”的诗（不是“歌”）。过了一段时间，我再也找不到那种水流漫过山石的诗歌了，我不止是说在现在的心里，连我以前写下的痕迹也一概消失了，至少是关于故乡、妹妹和美人鱼的几页，像写出来就失踪了，注定不能长命。我记得当时这使我隐隐地惆怅。那座绝望的桥真的足以说服每一个人？我想起了，绝望是蒙克的，桥却似乎是阿波利奈尔的，它叫“蜜腊波桥”，在塞纳河上。

大学三年级，老师已经留学走了。另有一位张老师，有天让我拿诗给他看。我的诗那时很杂，就挑拣着抄一个本子，正在抄让刘牧看见了。他不以为然：“你以为靠他们能有用？要靠自己，写，写了就投。”

他的话有一种不容辩驳的重量，戳到了我的痛处。痛是因为一位姓李的老师。他当时也还是一位研究生，住在“四号楼”，就是研究生公寓楼里。我走上那幢黑暗的，楼道高大得不像宿舍楼，但又极拥挤的楼，来到李老师屋里，他屋里当时还有一位女子。李老师只穿了一条短裤，我记得那是太短的一条短裤。简直是花内裤，露出研究生苍白的大腿，这和那位女性关联，就使我不自然。李老师很高兴，接了我的诗，就踞在床头上，又不像只是床头，而是在床架顶端，那样高，虽说他应该不可能踞在那上面。他看了一会儿就露出致命的神情（那时候对我来说致命的神情很多，现在却几乎没有了），似乎是

“这人也写诗”，这我一下就感到了，不止是绝望，和在那有菊花的宿舍里是不同的，也许他的短裤，高踞的姿势，更适宜于轻蔑？我逆来顺受地向他请教，那时我就是这样，几乎是虔诚的逆来顺受，我想这使他更不能注意到我受到的影响。但也许这就是艺术：没有才能，就什么也谈不上。

这时进来了另一位学生，我记得他那壮壮实实的体格，充满自信的神情。李老师一见他来就松了一口气，几乎露出惊喜的神情。他们很快就谈起来，我听着，似乎我生来就抱着旁听的信念，虔诚而谦卑，李老师也许终于觉察到这一点，他回头对我说，他（名字我没记住）的诗是很好的。我说给我看看。我看到了他的诗。在阳光下的睡眠，就是校园中草地上的懒觉和遐思。李老师特别指出的一句：

以受惠的心情 注视太阳

大意是这样一句。那个学生刚进来时看了我一眼，可李老师没有介绍我，他也就一直没再看我。这时李老师对他说：“他也写诗。”就这么一句，同学也没同我打招呼。我觉得，当时我似乎就理解他的态度，只是理解使我更难堪。他们谈得海阔天空。李老师激动地说：“我们这一代人，是吃北岛的奶长大的。”我记得“北岛的奶”使我惊讶而不自然，那时我就是这样，尽管我明白这句话的意思。同时，北岛对我是生疏的，而他们这样亲密地谈论他，使我感到“圈里圈外”的绝望和无言。这句话和刚才那句诗，是我对这个夜晚最明确的记忆，其他的是一种感觉，刻骨铭心的感觉，我的虔诚和谦卑也刻骨铭心。

离开了那里，走到楼口，感觉就淡化了，面对的似乎是“白茫茫大地真干净”，也许当夜确实在下雪，我记得屋里是寒冷的，但下雪李老师为何会穿着短裤呢？许多年间，一想起他裸露着苍白大腿的样子，我就不由心里升起寒意，于是真不知道那是不是夏夜了。

那种刻骨铭心一定是被少年的感觉夸大了，超过了它在人生中本来的分量。我信服刘牧的话，是因为这个夜晚，他们在我面前说着“北岛”，说“吃他的奶”，而我对北岛几乎算是无知。我就写，没有把诗拿给那个张老师。一直写到今天，尽管我后来又拿诗给许多人看。我这样做，也许还因为那个美好的夜晚，有堆不下的菊花，扑面的水汽，女婴似的女孩和星光，我在那个夜晚，是初次的恋人或父亲，同时又是虔诚的孩子。

阳关

杜甫的朋友中有王维和王维的哥哥王缙，可他一次也没到辋川去休个假什么的。其实，并非暗中有什么矛盾，可能只是因为那次送别。

岑参第二次出关，高适、郑虔、老杜都在场，一块渡过渭河送到咸阳，在酒楼旁柳树上系了马，就在下临大路的窗前喝酒、作诗。这条大道西去直通阳关，早上刚下过一阵雨，路面还薄有湿润。伸到窗棂的柳梢，青翠发亮，又像还没有完全丰满，特别适合离情，因为离情也要新鲜，不能老一套！可老杜向来看不得新鲜之极的景色，他心里慌又怅然，如六十岁的老翁面对二八少女。王维却是此情此景的老手。本来，他就是风流王孙的风格；酒才喝了两巡，他那首有名的新诗就出来了。这首诗特意描写了大道上润湿清新的尘土以及手中酒液，以致后来产生了这样的习俗：送别的人们把一撮尘土撒入远行者的酒中，告诫他们别忘了家乡的土气。

这诗一出来，大家就不能作了。老杜是真喜欢这首诗，大家送岑参上马，他还心里翻来倒去默念，大家还以为他喝多了，忘了离别的礼数。岑参可是西出阳关哪！应该折一枝杨柳为别。路旁的杨柳满身新鲜的伤痕。可是折了又长，离情总也摘不完。离别的诗，八九不离十围绕着“柳”字，有了柳才有酒，有了酒可以离别，无酒不成别情。长安的大街上除了榆树就是柳树，柳树似乎比江南还多。这首包含着柳色与酒意的诗一经诞生，就注定不在这家小酒馆里，而飞向市街、大道，里巷坊肆，所有有井水和杨柳之处，深闺浅闺，有人声吟讴的地方，成了这个时代离情别绪的一部分，还将随着大道、杨柳和酒流传到时代之后。这是时代最使人怀念，又最令人迷惑之处。

骆宾王四十岁那年，从四川回来，马上落入长安的困境。他和老杜一样，日日在大街奔忙，倒有点像他童年的梦境：一个城市，一处大码头，码头非常长，白光光的太阳使一切显出金属色，赤着白炽的脚的孩子从这头奔向那头，向海。梦境里缺少梦想，一成不变的大街压抑得四十岁的孩子快要疯狂。他觉得青春可憎恶，年龄却一米也不能修正。

这时，忽然传来消息：薛仁贵大将军要出征吐蕃。薛大将军的军旅业绩完全是一部民间传奇，却没有任何败笔。最近这部传奇更是添上了高潮：薛将军带着二支箭去天山。二支箭很快射完了，结局不是将军身亡，而是天山低下了头颅，西域心悦诚服。大将军就是胜利，就是少年的梦想，骆宾王没有犹豫就跟随将军出征了，这毫无疑问是一次光荣之旅。

但走到河湟，大将军就与骆宾王他们分手了，要骆宾王他们远征西域，他亲自率主力插入青海。骆宾王他们沿着千里戈壁前行，在祁连山巨大山影的的庇护下，顺利来到西域。进攻安西的吐蕃兵都翻越阿尔金山，赶去对付大将军，西域战事一下子完全消失了，紧急的情况似乎纯属虚构，骆宾王他们只能坐等将军的好消息。大家虽无事可干仍旧拥有斗志，因为没有人怀疑大将军即将获得的胜利，大将军时时与“我们”在一起。

在零星的战斗中，队伍往往不顾危险，有时是毫无必要地深入沙漠追击，似乎是一场大战，一场真正的决战，带来胜利和凯旋，其实只是一种无害的练习。骆宾王自己抓紧时间，刻苦学骑战马，用兵器，在黑夜里独自远行，既期待着胜利，也似乎在等待不归的一刻。黑夜忽然露出狰狞面目，勇敢与之搏斗，在黎明前同归于尽。

等待着，忽然传来大将军失利的消息，大将军在大非川损失了二十万人马，本人回京后下狱。这种不可能的消息以不可能的速度和方式传遍全军，只有谎言才会传播得这样快。这时，胜利了的吐蕃人翻越阿尔金山回来，西域一夜间恢复了围困。从这时起，一切发生了根本性的变化。

新的战事已经开始，骆宾王却长久耽于沉思，忧郁地思索将军怎么会失败，“薛仁贵”这个名字怎么会跟失败相连，“我们”完全失败，这绝不仅仅意味一次失利。新的战事完全不同以往，更不同于渴望中真正的大战：它不是体面的战争，不是戈壁滩上的追逐、越过雪山长途奔袭，甚至没有厮杀，就是有一些小规模的战斗，也没有什么影响，很快为人忘却，其实只是令人窒息的围困。围困有特殊的悠长气味，闻惯了这种气味的老兵们说，绝不是今天才有的。传说中，甚至从班超来到西域之后，这种气味就越积越厚。随着大将军的失败，它也变得空前浓厚了，就是老兵们也不习惯，产生了不祥感。围困开始使人烦躁又无可奈何，孳生了一种狂暴的情绪，大家对它发起猛烈的挑战，但不久就屈服了，战争从大家手头消失了，追也追不到，只有围困，就这样成了“我们”最大的现实。“他们”顺利地实施这样的围困，有了口子，很快会重新封上，甚至是像薛将军平定天山那样传奇的胜利，也不能打破围困。这也许就是大将军失败的原因。骆宾王回想他在两次近战中看清的吐蕃人的脸，从远处看，他们只是一团旋风。如果隔得很远，这股旋风就是自然从戈壁滩刮起的浮尘。在近处对视，能发现这先前远景的原因，皮肤找不出一丝有水的感觉，凶狠下藏着另类的浑厚，不是人的浑厚，是戈壁滩上的上塬层。

冬天来临，围困像冰日渐使人难以忍受，骆宾王起草那种豪迈檄文的墨水已凝结成黑色的冰，想不起甚时候动过了，看来主将也失了信心。夜里士兵们围火取暖，有人像早等着这天，拿出了收藏日久的羌笛。这是从甘肃流亡到陕西，从陕西被遣送到四川的羌人的笛子，士兵们都喜欢。羌笛的声音像霜，落在营帐上，营帐变得缥缈了，像在一片雪地上漂移。也可以想象这是在一座孤城城头，敌人长期的围困在逼近，士兵们眼里却没有敌人，只有故乡。后来枕着铁枪杆入睡，梦清冷光滑，也许就是死亡在大举翻越城墙，却全然不顾。这时忽然羌笛的声音止住了，那个吹笛的小战士一声不吭栽倒在火堆旁，大家一看，他背上已多了一枝箭。大家喉咙里都吸了一口凉气，注视营帐外的黑暗。黑暗里跟刚才一样，什么也没有。

这个夜晚的一年之后，骆宾王回朝。在进入玉门关后不久，他见到了第一株杨柳。不知为何，他不再念念赶路，下了马，待在这棵柳树下，宽宽心心歇息，有一种几年来没有的安全感。从西域出发时，围困感还紧跟着他，使他活命一样急匆匆赶路。现在围困忽然一去不返，放眼群山大川，尽是和平的国土，他三年前渴望的战斗奇迹似的消失了，连亲历了这段时光的骆宾王，也说不清为什么。骆宾王想到了那些和他一同出关，却不能入关的士兵。他忽然感到：他们戍守的并不是属于“我们”的国土。从古以来，从张骞和班超以来，这就是我们陷入围困的原因。但要是我们都不去从军，不愿远征，只待在家乡呢？那样，西域的围困消失了，这里却可能陷入围困。有一天，长安也会成为围城，哪一棵柳树下也不能歇息。

但是否我们都去从军、打仗、出关，长安就不会陷入围困？围困一定是从吐蕃来吗？会不会在我们心里，在我们日常的生活中？这是骆宾王心中无解的疑问。

高适有一次和那时还未贬为龙标尉、成为故乡冤魂的王昌龄，还有前辈诗人王之涣一起在旗亭喝酒。天气阴暗，像要飘雪。三个人围着亲切的红泥小火炉，正喝得气闷。高适不久前的应举又没成功，下一步还不知去哪里，求得一个幕僚。王昌龄也心事重重。昨天，他在下朝时遇到李林甫，李莫名其妙盯了他一眼，叫他身上发麻。王昌龄想了好久，难道是为李的女婿在禁酒期间私自大办酒宴，他去办事撞见了，李林甫起了疑忌？但是他人微言轻，李林甫用得着担心吗？或者是秘书省什么交接文书没办好？或者——王昌龄出了冷汗：自己对裴尚书、韦中丞被害不满，让他知道了？但李怎么知道呢？他从未对任何人说过，诗也没作过，仅凭思想能定罪吗？可是在这个时代，也有一些这种迹象。

那天的酒喝得很闷。王之涣大为扫兴，真想抽身走了。这时听见一阵喧声笑语，原来是一群歌妓上楼来。

这些歌妓不是别人，而是宜春院里的“前头人”，在朝会演奏的时候是坐的，面圣是家常。但她们又非常自由，来这里纯粹是结伴游玩。你看她们拿着乐器，却不为谁佐酒卖笑。选了靠窗的位置坐下，围着火炉，摆一张顶大的桌子，要酒要菜，扯袖子边吃边聊，莺声俚语，有不少各地的方言，耳环跳荡得健美却不轻佻。看她们的发型，也不是什么最时兴的堕马式，或贵妃的盘龙髻，散散漫漫的一头长发，看来是不讲究，但也不是虢国夫人的故意“素面朝天”，像胎里带来一股男孩气。一个说：“真是好多日子没出来闲闲啦！贵妃的大寿，可把我们害苦了！”一个说：“你莫乱说！……昨天你不还跟张家娘子到曲江逛来嘛！”“哟，你吃醋了？我就是看不惯你手紧，守着他，姐妹们都不得沾边，故意要跟他出去逛逛！——你放心，我们也就是逛了逛。”王昌龄知道这是她们的风俗，把“郎”叫“娘子”的。

喝了几杯，一个生得修长秀气的说：“三妹，唱唱吧！”叫三妹的歌妓，生得面如满月，只顾喝酒。又催她，才说：“你平时在院里没唱够吗？”秀气的歌妓说：“平时那是为皇上唱、贵妃唱，今儿咱们自己聚会，为自个儿唱，不好吗？”另几个说那就唱！都把随身带的乐器拿出来，铮铮琮琮地开始了。一个歌妓就开腔：“玉颜不及寒鸦色……”

伴奏的琵琶也跟上，酒楼内却似霎时空无一人，充满了宫殿静谧的气息。秋气落满宫槐，夕阳转过院落，秋露暗中降临。天空更清晰深澈，多少世代仰望的哀愁，并不能使它稍微蒙上雾霭。那么那些哀愁归到了何处，最后的结晶也许是霜花，六出、见不得日光，在美好的日子一开头就消逝了。或在井底，冻僵了，结成深青的冰。也使乌鸦的翅膀寒冷，难以到达昭阳殿。远远听见那里传来的音乐之声，可以想见人声喧腾，贵妃的掌上舞又开始了。谁会注意这千殿一角冰冻的哀愁。还不如化身那乌鸦，还能在阳光下沐浴片刻。但为什么不想到飞去？在酒楼中，渴望的琵琶声，也会化为寒鸦飞去，把前代的旧怨，和今天的新愁带进门扉开闭的千家万户，尽管酒楼里的人是在找乐子！这就是奇妙的混淆：那渴望着的，是宫女还是诗人？高适和王之涣不大作宫词，这会儿高适想往后也得试做两首：那么多化不了的哀愁，谁不想汲取，谁又汲取得尽？只是要小心，别让那源泉汲取了自己，像恩培多克勒跳进火山口。转眼一看，王昌龄很得意，举了一杯酒，却不即饮，悠闲地左顾右盼。王之涣也看到了。两个人交换个眼色，高适就朝王昌龄说："你这杯酒可以先喝了，算是你占了一先。我们来打个赌：以酒为注，以诗为令，那些歌妓们唱到谁的诗，谁就可以喝一杯酒。诗多者多饮，少者少饮，无者不饮。"王昌龄就先喝了酒。

歌妓们并无察觉，随意吟唱。唱了王维、李白的两首诗，果然跟着唱了高适的《别董大》。高适喝了一杯。王之涣并不慌。这时，一个歌妓起唱，另一个歌妓吹笛伴奏。笛声先起，就有千重万重的秋雨来临，浸透了酒楼和整个江南。接着歌声嘹亮地穿出，扁舟冲破雨云，来到吴地。吴地的天空微波如同潭水，春雷之下，隐约可见原野尽处的树林，延伸入雨云深处。勾践的遗迹，浸泡于冰凉的水，丝丝汇入无数河汊，流入长江，如同流入云霄。青山在哪里？清晨送客。就在云山间，人如同山的孤单。但此行的贬谪，不过是无数贬谪中的一次，众水中的一水，不必如江水东去的喑声之悲。玉壶内凝结成冰，优裕的生活中埋藏预兆，和凝结的考验，应该先行习惯。这是骨子里的淬炼，何须故作旷达？

但是离别，离别……冰中的水，水又凝结成冰，离情坚不可摧。此刻的长安酒楼内，酒仍含凉意，笛声远去，留下清冷的寂静。

人间喧嚣的赌赛并未停止。胜利者王昌龄划壁一道，又饮下一杯。现在高、王二位一起望着尚未饮酒的王之涣，他面前那杯酒更冷了。王之涣在挟花生米，一粒花生从筷尖滑落。他微笑了，不再管那颗花生米，筷尖指着歌妓们中最先说话的那个修长女郎（她至今尚未开过腔）说："刚才开口的无非是些二流角色。我跟你们打赌，假如一会儿这位最出众的歌妓唱的不是我的诗，我王之涣就算虚担了诗名，从此拜二位为师，再不作妄！"诗人间的气氛有一些紧张。王之涣不作诗，这是重大的事，而且诗人一定会说到做到。谁也不能说"算了"，但也不能说"好"，已成险境的事态，就这样发展下去。

王之涣看起来很沉静，心却飞到了别处，十年前游历的关西、河湟。黄河从那里发源，从天上下降，整个平原在它的浪涛之下，它是神话的河，龙的乐园和葬地，渔人的生死线。在他面前只有托庇的、渺小彻底的生物。尾生的等待，周鼎的失踪，龙门的梦想，都由河伯在久远之前的那个早晨，带到入海口，一去不返。这是分分秒秒发生的事。河流逝去，剩下的唯有孤城，从若木上升的太阳照耀下，孤城随着黄昏临近，越来越像铁。往西越走越远，就走入无际的阴沉，无穷的预兆。在荒原上，只有笛声抚慰干枯的灵魂。但笛声也是悲哀的，耽于故地的杨柳之思。它是心有绾系的游魂，不是自由之物！孤城外出征的队伍已走远，消失，仿佛从未存在过。他们消失在漫长的星夜里，万里长征之后，被关隘隔断。秋草有天也会缠上吟讴的诗人的骨头，在骨头里仍有直抒胸臆的思乡曲！听，思乡曲不是响起来了吗？仿佛在万千浓绿的杨柳丛中，一塘清凌凌的塘水，像那颗来自天方国，曾在长安流传却凡眼莫识的“水珠”，又如漂泊在沙漠的摩西的权杖，使岩石中清泉涌出，风沙清澈。

可是，这可能吗？沙漠上哪来这优美的音调？哦，是在折杨柳时唱的歌吧，为何熟悉。自己已回到故乡，在送别亲人，还是正将离乡，接受了一枝杨柳为行李？如果是从自己心中发出来，但音调如此柔美，莫非瞬间拥有了更美妙、敏感的灵魂？

原来，这仍是在酒楼里！赌赛正在进行，这歌声连同想象，是赌赛的一部分，它们决定了赌赛的结果：他赢了吗？

他赢了，作为一个赌徒、酒徒和诗人。从小到大到中年，诗人几乎每天都面临这样的过程：从自由的想象中醒来的最初一刻，万分心虚地面对现实人生，它发生了变化？变好了吗，变坏了？不管变好了变坏了，世界在想象中的一刻已重新变得陌生，诗的想象隔断了人与世界的鱼水关系，在陌生的激流和潜流、涡流中又得重新熟悉，可以说经历了某种鳃或鳍的退化。在新的竞争中难免输亏，而再度熟悉比初次更艰难。

这一次也许是回报。在多少年的荒凉之后，在老年，他获得了光荣的胜利——由歌妓中最美的歌妓，歌声中最美的歌声加冕。

朱门

秦地桑叶绿了，秦蚕已三眠。黄云滚滚，是麦浪还是尘土？麦客已出发，由华阴一步步走向宝鸡，乌鸦将归宿。砧声、石磨、辘轳？最令人怀恋的是正午时光，桑叶绿得发亮，窗纱浓绿如烟，大地上一片蒸腾的气味，织布的机声经过了一世纪，疲下来，小下来，终于停了。黄土——绿桑，就是这样单纯，这样寄托了你的青春和生命！谁在长安待过，尽管长安城扩大十倍，谁也没法不片刻感到脚下、井中、谷壳里的土地，因此秦川大地是真的，必将产生属于它自己之物。

杜甫站在秦川大地上，双脚陷入泥泞，阴雨使他惊心不已。日子是潮乱下去的，像一条雨云一样永无休止。又近似堆头很厚的榆叶。

老杜来到长安已有三个年头。一开场就叫他老杜，约定俗成，其实老杜也有叫小杜的年月，他比永远年轻的李白还年轻呢。当李白失意离京，在河南遇上杜甫，两人又同游山东，那时李白的人生已在走下坡路，而杜甫还是“早上八九点钟的太阳”。老杜的问题是他总有太多的忧虑，而忧虑一部分来自家庭。

那天老杜走过榆树阴阴的城东，抬头看到小小的榆钱长出了。猛然想到又该叫小儿子上树多采些了。去年久雨那阵子，小儿子采的嫩榆钱顶了大用啊！当然那也可以叫做“尝鲜”。但老杜的心突然新鲜地发疼：他的家庭真已下降到“尝鲜”的地步吗？ 也许不算吧；老杜毕竟还在交往王公大人，出入宴会，就在两天前，庇护人之一韦济左丞还对他大加称赞，又请老杜为他的生日写歌，到时在宴会上朗诵呢。老杜的自尊心经常得到满足，老杜也能经常改善伙食。这并不仅意味着老杜保证自己的营养，同时也使家里减轻了负担。有很多日子，一大早家里就不预备他的饭的，这时老杜还不确定到哪里吃饭。如果遇上宴会、庆典之类，一大早就知道今天的饭食在哪儿，一家人就很高兴。为难的日子总是有的，宴会不可能天天举行，老杜交往的圈子不够宽，有些宴会人家没想起他，或者想了想又算了，这样的日子一旦连续好多天，老杜在家里吃饭的日子多了，那口不大的锅就不大揭得开了。这时，老杜经常性不动脑筋的做法是：到侄孙杜济那儿蹭上一两顿。这样一般也就把宴会和宴会之间的空隙填起了。

这样的做法一般无须背什么良心上的负担。老杜这个侄孙做个薄书之类的小官，生计不坏，侄孙也是隔得不太远的侄孙，老杜还是小杜的时候，外出游历那些年之前，还在膝上抱过他呢。可老杜这天不假思索地去了，却出了问题。

问题是，当老杜按老时间走进那个四合院时，发现灶屋内并未举火，问题还在于，侄孙媳一见老杜来，起身舀米，揭开米缸的盖子，却听不见米粒流入碗中的音响，反而响起极尴尬的刮缸底声。紧跟着她就放弃了这个动作，也许是姿态，对着正房喊："没得米了，成天多一个人吃饭，米缸空了，你看怎么办嘛！"声调充满冤屈，激起老杜的内疚。问题最后是侄孙在正房里并不答话。这显然是一个两难的问题。老杜看无法解决，就悄然退场了。到了僻静的街上，两滴老泪就从枯皱的眼中泌出。

但老杜毕竟是乐观的，他想到最近认识的两个富翁——都是年轻的暴发户，新近继承了一笔遗产，可以到那里去试试。年轻人比较豪爽，耳朵也不会那么软，况且有一个还曾醉醺醺搂着老杜的肩膀称兄道弟。当时一股酒气让老杜很不愉快，现在想来却叫人心里安慰。又有些担心当时的不愉快，人家看出来没有。醉酒之人，应该不会吧。

李甲家住延庆里，老杜虽然早上只有半个烧饼下肚，努努力也就走到了。果然青砖围墙高大伟岸，门前两个家丁如两尊门神，挺胸叠肚，衣貌光鲜。老杜心里一紧，整整儒冠，心想上身出门的长衫还是看得过去的，问题是今天开始只想到侄孙家里，不讲究，穿了一条磨得发灰的青色袍裤。老杜鼓鼓勇气上前道："请通报一声，说杜甫来拜。""杜什么……豆腐？"人家睨着他。老杜忙纠正："杜甫，是丞相李林甫的那个甫。""有帖了吗？"帖了？老杜心里又发紧。他是有的，但存货只用到这个月初，还等着过一段手头松了去定作。"你就说杜子美，啊啊，老杜诗人来拜。"一情急，老杜说了后半句，不免挺胸，神情飘逸，像个文坛老诗人的样子。但是忽然又觉得不够，补上两句："你家老爷认识的。啊啊，在张驸马的宴会上。"

在等待之后，老杜终于进门了。主人忙，叫他在小客厅稍候。老杜喝了一碗茶，饱看了一会儿字画和庭院风景。字画中有一幅是王宰的山水，老杜还曾为他的画题过诗。此时却并不觉得光荣。等到茶在肚子里大搞分解作用，肠胃不得不苦苦抵挡的时候，主人出来了，拱手："老杜啊，我的大诗人啊，什么香风把你给吹来了？"

"香风"让老杜暗中脸一红，不过只是一刹那的事，红也就是针尖那么大一块，从外面是看不出来的。同时这个词也刺了他一下，使他猛然提起神，连忙说："贤弟，今日无事，特来看望你。怎么，不欢迎？"李甲说："没关系没关系，我正好有个把客人，你替我陪陪，作作诗。我弄不来这事。你上回的诗，人家说真不赖啊。"老杜对前半句沉默，听到后半句自动说："哪里哪里。"一只手臂已被李甲拉住，进了一个香风阵阵的所在，转过围屏，席已摆开，没准已吃了一阶段，两位佳人坐在案首，老杜一惊，正要抽步回避。李甲一把把老杜的半个身子从围屏后拉出来："老杜，你那都是旧社会的讲究了，封建余毒。现在讲究交流，你怎么这样跟不上时代，难怪你没有发！"

老杜一屁股被捺在椅子上，就算入席了，听一位佳人嘻嘻笑，另一位却是团扇遮半面，冷眼旁观，看来二位佳人做派不同，前一位是杨贵妃派，热情丰盛；后一位却是虢国夫人流，而且似以与前者同坐为辱，时时暗示。但以老杜有所阅历的老眼，两人路数究竟相近：既非大家闺秀，亦否小家碧玉，不外是平康坊北里什么"院"什么"楼"，坐了什么檐子、"香车"来的，绝不会是南里。老杜的臀部老像有什么东西在扎，喉咙里一把野菜要长出来，可是已经坐下，李甲正在给二位佳人介绍："这是圈子里有名的诗人老杜啦！他的诗你们想必听说过？"做派较热情的佳人说："听说过听说过！跟王维一样有名啦！《长信秋词》是你写的吧！好极了，写的虽是宫里，叫我感动惨，我们院里有时客少了，漫漫长夜，就是你写的那种意境，那种心境！我太崇拜你了！”连朝老杜翻了两个眼花，老杜连忙低头，望着席面上一盘猪肝，颜色紫红。做派冷艳的佳人斜瞥了前者一眼，眼里尽是瞧不起，轻描淡写地纠正：“《长信秋词》，这都不知道，是王昌龄写的。圈子里讲起来，他才是大诗人！”话锋一转，“这位老杜先生，想必是圈子外的人，‘文坛外高手’吧！”做派热情的那位朝做派冷艳的那位（以下分别简称热派、冷派）撇嘴说：“什么圈内圈外，我只爱好纯文学！圈内圈外，老套啦！现在讲的是自由表达，亲密接触。老杜，是不？”

老杜以为她要带出一个“哥”字来，神经正在绷紧，脚忽然被踩了一下，只不过轻轻一踩，却使他差点跳起来，这多亏了臀部较为尖瘦，假如略有了弹性，则是非跳起来不可的！老杜自然更为坚决地盯住那盘猪肝，看起来他对食物之外的一切事物毫无兴趣。也许李甲注意到了，他一挥衣袖：“啥子老套新套，不讲了不讲了，上菜上菜！吃饱了肚子才能扭秧歌嘛！”

菜果真上得不错，冷盘热菜都有，酒也很正牌，暖过的，老杜一喝身上就发热了，没准还对两位佳人产生了某种欲望，但老杜实在是不会调笑！面对美色，张开嘴巴，是一口掉了门牙的黄板牙床；紧紧闭上嘴，显出嘴角的线条吧，又衬得下颌的胡子乱杂杂。冷派还是热派，渐渐都对“诗人”失掉了兴趣，转而偎靠李甲了。三个人交杯换盏，摸东揣西，嗯嗯啊啊的，老杜只顾低头吃菜，好在他耳朵也背，可是第六感官无时不在发生作用，食物就在舌头上变了味。

末了，老杜的肚子基本填饱，脑子从空茫到终于产生了起身的想法，偏偏李甲发话了：“老杜，作首诗！”杜甫没听清，手里举着半盅酒，“啊”了一声。李甲说：“作作作诗！”这会儿依偎在李甲怀里的是热派，她望着老杜张皇的样子，一下子又来了兴致，叫道：“啊呀呀呀，给我作一首嘛！”李甲打着酒嗝：“就给‘轻舞飞扬’做一首！老杜，这个咏……啥子，就乳房吧！你看她的乳房蛮大的，一波连一波……哎！你打我干嘛！没什么大不了！‘痞子？’我不是痞子，我是李郎，李大老爷，‘痞子李’是我没发达时候的旧称，早不许人喊了，你也没权，记住这一点！嗯对对，乳房太不文雅。咏个什么呢？就细腰吧。老杜，你看怎样，细腰就细腰吧！说实话，她腰细是细，倒还没有我摸过的南里张家的头牌细。要不，咏她这头发？这可是最新式的‘倭堕髻’。不行不行，老杜，你非咏不可！你平时的本领哪儿去了？这是在我的席面上。老杜，你看着办！”老杜真的为难了：他认为自己没有这方面的诗才。没办法，搜索枯肠，忽然想起了某个美男子的一首诗，“荆歌艳楚腰”什么的。充个数吧，尽管不太般配。这些词就擦着老杜衰老的诗人齿缝吐了出来。可是这时候那位冷派眼皮撩得更高，眉毛冷得更深刻了，李甲看到这情势，当然又得叫老杜赋诗一首。这回就咏“美眉”吧！ 更糟糕的是，李甲一招手，进来一个小童，李甲让他把诗记下。这一下，老杜为妓女作诗的名声可就传出去了，他也成了那个“圈子”里的人。这还不要紧，要紧的是这两首诗都非原创，恐怕还要引发著作权纠纷，那老杜今天这顿饭可是吃不了兜着走。可老杜也没什么办法，他也不能现在承认自己是抄袭。

因此老杜离开李甲府上的时候，肚子饱了，心却空了许多。在街上走了一会儿，心情这一空虚，连带想起了到长安这些年的往事，那些“保护人”看来都不真心实意帮他。怀着致书尧舜的理想，却陷进一口遗忘的饭锅里。现在再看那理想，觉得遥远，到底和自己是什么关系，是暧昧的。长安千家万户的门户开闭，不知哪一扇里有秘密、令人激动的前景，心跳的时刻，老杜又会变成小杜；大街上骏马奔驰，不知哪一双马蹄践起的尘土，含有故乡情味。酒肉在所有富家的泔水缸里腐烂，生命在一扇柴门后转化为枯骨。

老杜想起了去年大冬天，他在灞河岸看到一具骨头，沾满尘土，睡在秦川的大地里，是人的还是猪狗的，难以确定。当时老杜认为大部分可能是猪狗的。宣传上说社会治安和救济措施良好，孟子老有所养、五十食肉的理想已成明日黄花，出门千里不用带粮。现在他明白了，其实从第一眼起，他就知道它就是人的骨头，否则它不会勾起他的注意。他只不过在自欺欺人。对人骨发生怀疑是可耻的事情，何况，他竟毫无理性地把人骨当做猪狗的骨头！就因为那时自己刚刚参加过宴会，肚子是饱的吗？

你不要为一点小小的名声，一星半点耻辱的酒肉，就忘了你的使命，那你诗人的生命也就完了。进一步说，你不能由自己的遭遇，看出社会如何不仅压迫人，还以类似于基因工程的程序，把人改造成扁脑袋的昆虫？你不能由这块骨头的不安，想到白骨如麻的历史，正在今天的西洱河、幽州上演，就是说你没有忧患意识，人文精神？

老杜在长安伫立，长安此时是空城。这意味老杜的诗歌第一次超越他青年的局限，到达了孜孜以求的高度，这是怎么也料想不到的，诗歌在一场屈辱后，在有关一副骨头的回忆中来临：

朱门酒肉臭，路有冻死骨。

吟完这两句诗，老杜仍旧回到家里。妻子说米缸空了——真的空了。老杜想着明天向谁借钱，同样是穷光蛋的郑虔吗，苏源明吗？会不会有这种可能——将来有一天，再上李甲的门？在冥冥人世中，即使是这种可能，也不能排除。为此需要印名帖，而这也需要资金。这些都不容易。但是老杜忽然充满了自信，因为他带回来一个大千世界。假如再遇到天才诗人李白，杜甫——土地之子，用不着再自卑，而李白也会尊敬他，不再像在饭颗山头那样，看到他戴着草帽，容颜消瘦，就作那种无聊的讽刺诗。一个新诗人诞生了！

四　追赶李白

静夜思

青年时代，李白正在东南游历，通常住在友人客房或客店里。有一天半夜，他做了一个意境幽暗的梦，如同钱起在赶考途中遭遇的梦境。梦醒第一刻，不知自己身在何处，只觉月光洒满。别的地方一定也有月，这仅仅是由床前的一角月光就足以知道的。月光还好好地在天上，决没有斧伐或蜃蚀之类灾祸，这使李白心安，世界很平安。旅途仍可继续，虽说黄金散得差不多了，伙伴吴指南在路上死去，向各地长官上的诗赋一直没有消息，也许情况根本不会变化，不会扬眉吐气，但是月亮平安，抹平了世上和梦境中的沟坎。

在梦里，李白感到自己进入幽暗的水底，一些沉沉暗影在周围升起，深处不知道有蛟还是龙，它们都能趁诗人落水将他趁机吞噬。越到深处，越是惊叹：这真是和月光之世完全不同的一个世界！而且，它就在月光之世的下面，在床榻、屋檐、瓦瓮之下，在井中，简直只隔了一层纸。

李白天生厌恶黑暗暧昧的东西，他从来不会去那些阴暗狭窄的地方，比如到了金华，他不去钻那著名的双龙洞。一想到那些阴暗狭窄的洞穴，人不得不以虫类的姿势爬行或摸索，李白就觉得，马上就会看见那些人在压榨中变成爬虫，永不能再直立。这太可怕。

人只能在容纳幻想的、宽阔无垠的地方走，在月下、田野中漫步，面对森林和河流梦想。在星空中飞起来，直到大海。纵使在高高的楼上，李白也从不感到孤独，他喜欢，那里离月光更近。在那里他思如泉涌。

只有很久以后 ，一次攀登的过程令李白惊心。那是天姥山。一天晚上，李白入睡后又开始飞翔，越过轻柔梦幻的东吴平原，飞过波光闪闪的镜湖，月光一直洒在他的翅翼上。在那里，他望见了耸入青云的天姥山。深青的山影让李白分外激动，一条阶梯云中垂挂。

他急忙换上了谢灵运遗留下的木屐，登上了攀登青天的梯子。心里感到这是他一生中最不寻常的一次攀登，和登太白山、华山、敬亭山都不同，倒像在更远的青年时代攀登故乡的峨眉山，都是这样迫不及待，这样夜行无伴，充满好奇又无所畏惧。在半途中，李白停下眺望，依稀看见大海，风起云涌的海面超过了所有幻境，山巅和朝阳隐于海底，他只要爬上峰巅，就一定能迎接黎明，那就是毫无遗憾的月亮的一生。为此李白更加努力攀登，他已经清明地看见了自己的前途。

但就在此时，一团雾霭飘来。等它散去，忽然一切都变化了，眼前没了攀登青天的梯子，眺望中也不见大海的景象，甚至谈不上眺望。他脚下是一条通往迷宫深处的仄径，千岩万鳌，月光消失了，眼前的迷宫昏暗。他怎么会走上这样一条道路！难道是在旅途中太贪恋奇花异石，耽误了时光？李白阵阵头皮发麻。接着听见了猛兽的号叫，在整个迷宫中回响，如凶猛的雷声滚过。李白也曾学剑，还曾亲手杀过恶徒，此时却完全失去勇气，他慌不择路，躲进一处洞穴，立刻进入无底的黑暗。黑暗中有闪着荧光的瞳人窥视，一闪一灭，不知是帮凶呢，还是被囚禁的善良的灵魂？

如果是帮凶，诗人必丧命无疑。没有人知道有一天晚上，李白飞过了梦幻的东吴平原，飞越镜湖，来到了天姥山，又在天姥山死亡的事情，或许这说不上是事件。它从此归于无数在黑暗中发生的事情的整体，成为因此更浓厚的黑暗的一部分。如果那是善良的、同诗人同类的灵魂，只不过可能变了形，诗人应该怎么办？他能发挥诗人的天职吗？这种情境下诗人的天职又是什么？……这问题只存在了短命的一瞬就消失了，像大多数的疑问。因为洞壁忽然向旁“訇”的一声敞开，向耽于幻想，又在黑暗里恐惧迷路的李白，显示了一个美丽新世界。把李白惊得目瞪口呆。

只见眼前一片光辉灿烂，祥云笼罩，祥云中金子和银子一样发光的楼台隐现，从那里飘然而下一群声势浩大的队伍，排列旗仗，驾驶鸾车，鼓乐齐鸣，仙人们脚踩祥云，密密麻麻地飞下，车上有天帝和皇后。开始，李白为这一景象欢欣鼓舞。

他从没想到会在洞穴中看见神仙世界，就像由前辈诗人引导的但丁，从地狱中一条缝上升到天国，这条缝隙除了但丁，没有人类有福穿过。李白一生的梦想就这样实现了，这是至福之境。但是他望着望着害怕起来，他忽然怀疑那些鼓瑟驾车的猛兽，就是刚才在黑暗中发出吼声的。那些仙人会不会是伪装的？也许，这是被囚禁的灵魂的游戏？也许，这就是善良的灵魂的囚禁？也许，那些灵魂已经被杀害，这就是那种将来的杀戮的预感？

李白正在怀疑，又是“訇”一声巨响，眼前的美丽新世界在瞬间消失了，和出现同样迅速。连同洞穴、迷宫，攀登青天的梯子和海上的月光，连同月光下的飞翔。

李白仍在客店中，月光无比清幽地洒上枕席。

但李白脑中停留梦中情景。他忽然担心命运，就要发生大的变化，或者这个梦在他少年攀登峨眉时即已埋伏，投影着他的命运。也许，眼前的一切都面临改变，这平平常常的旅榻，窗扇，庭院，院角一棵杨树，在月光下变成水绿，杨树下一口井，井水一直漫溢到井口草地，流溢着月光，这平平常常的一切将不可复得，世界将惊心动魄又归于荒凉。

这是个充满预感的夜晚。那种预感在诗人们心头不约而同地飘浮，那是个充满了预感的时代。为了战胜心头的阴影，诗人们从第一刻就努力忘却，奔向边关，把自己投身到有所保证的胜利之中。但是在那里阴影仍无形地来到他们心头，使他们的胜利越来越变形为失败。

那个初次有预感的夜晚，如果年轻的李白披衣出门，仰望星空，总会看到夜空像在深的蓝的大海里洗过。或者海在天空荡漾，星是无数的海星——一种海生物。月亮自由自在照着万家，抚慰悲愁的独宿者入眠，给同寝者祝福，使捣衣妇手下的砧声柔和，叫自杀的人追悔，命令坟墓安静。

他没有下床，因为月光到了床上，像一条路直接通到旅行者。这是一个行走在田野上的人的月亮。他穿过树林，经过流淌烟霭的人家房舍，行走过稻穗半垂的水田，走在大江大河边，走在险峻山道上。他不需要火把，也无须同伴，月亮就是行走的同伴。他这样连夜赶路，使人幻想他不是因为焦虑，而是月光下蓝色的远方，约会的希望，叫他加快脚步，心中已经尝到甜美。

这是一个舟中之人的月亮。他倚在船舷上，他的月亮比行走在路上的人还多一个。因而孤独和幸福都加倍了。

这是一个小吏的月亮，在有一夜，这个小吏是钱起。十八岁那年，他离开了家乡吴兴，被人家推荐当个小吏，漂泊他乡，母亲很悲哀，少年的心中也初次充满离愁，但在心底，这样的旅行却是他喜欢的，他像所有的少年一样等待着奇遇。

到京口，他没有选择进城，而是住在郊外，长江边的一个客店里，客店是两间茅房，坐落在一片草地上，这片草地灌满了春天的水，在远处和江水交会，也可以说是无声息地进入了水底，水草肯定也铺满整条大江的水底，使江水现出缥缈的青色，江水似乎时刻在生长。这是他生命中遇到的第一条大江，正像他梦中的江那样，有着灵魂虚幻又深情的颜色。

夜色降临后，月亮还没有升上来，暂时四野还很朦胧，人们就在这最大的安谧中入睡了，坐在木格窗前的钱起，也感到自己被催眠了。似乎他感到大地上这样的安谧不会是永远的，人人都需要珍惜，他也没有权利轻视浪费。在夜的那边，在江水上，终究会有什么声音传来，惊扰江南的梦。这样的睡眠，怎么会是无梦的呢，但是钱起还没有弄清自己做了什么梦，就被月光唤醒了，月光穿过时间来到了窗台上，洒满他搁在窗台上当枕头的两只手，使它们变得雪白，他惊疑地注视自己的手，似乎变得透明，像越窑瓷，不是世间之物，他从来不知道自己拥有这样的一双手，那么很可能，他还拥有很多其他更纯洁的东西，比如他心灵中的一些蓓蕾，一些语言。他感动了，轻轻推开柴门，走到草地上，草地似乎是从门内就开始的，在月光下，草地改变了白天湿润的形象，它们吸收了月光，变得缥缈，似乎向他的双脚诉说什么，却又无时不在离他远去。

在远处江面上，似乎有一道青色的界限，就是他的脚步能够到达之处，这样的界限又被淡化到近乎不存在。再远处，青色伸入青色深处，声音吞灭声音。使人疑心只有月光，江面是否还存在，夜晚是否真实？有没有无穷的远景，意象和语言？少年钱起的心中意外充满了凄清虚无，他也许就要从此错过生命所有美好的机遇，多少人在这样过于诗性的夜晚消灭了自己的诗性，因为诗——个人无法承受。但是在青色的江面上，却有一种音乐产生，不像是丝竹的摩擦，倒近于无词的吟哦，或者是水的天籁，在两个水波的汩荡间产生。音乐由远而近，始终轻柔平静，几乎难以听到，或者与自然之声混同，却有穿透身心的清洁力量。有一天，我听到（不是读到，是听到）荷尔德林的颂诗，从一片羽毛脆弱的大空卜来，在一根灵魂的弦上，只有一根，孜孜求索着永恒。寒酸的修道院制服裹着的身体，因营养不良而更清洁，像牺牲准备好了献出，最终献出自己痛苦清醒的理智，坠入意象的黑夜，诗歌的坟窟。

那声音只不过停留了一会儿，就离钱起远去，无词的吟哦似乎终究不会产生言词，音乐终了，心灵依旧孤独，谁能在结束中领会意义？一切似乎已结束，但钱起还在等待。这时，从已经落下的青色的平静中，却忽然传出清晰的吟哦，言词出现了：

曲终人不见，江上数峰青。

吟哦之后又是令人惊愕的平静，最后的波动缓缓归于虚无。一切奇异却在意料之中，音乐变成了诗，结局的意义呈现了。钱起走回茅屋，感到他正走在旅途的开端，他可以安宁入睡，不必追问声音的来历，也许来自潇湘之滨，惠泽一切诗人的灵魂之乡。

入睡，追随声音而去，在梦中成长，直到省试那天，完成这首诗歌：

善鼓云和瑟，
常闻帝子灵。
冯夷空自舞，
楚客不堪听。
苦调凄金石，
清音入杳冥。
苍梧来怨慕，
白芷动芳馨。
流水传湘浦，
悲风过洞庭。
曲终人不见，
江上数峰青。

这是一个思想者的月亮。有一夜，这样的思想者是李白。

长安的一个晚上，皇帝没有诏命，平时一起喝酒的贺知章、张旭也没来，李白一个人在花园里喝闷酒。近来他越发喜欢喝酒。前两天皇上在曲江行乐，又召他作诗。他正在酒楼上烂醉如泥，小黄门硬生生把他架到池边，他不愿上船又非上不可，远远地被许多人围观。

上了船，高力士叫小黄门用冷水泼他的脸，他稍为清醒一点，看到杨氏姊妹都在那里窃笑，高力士更是一脸嘲弄。接下来还要作诗，作诗，歌咏作乐，咏那娇滴滴的妃子。那种红香烂软的东西。不得已，凑合了几首《清平调》，听说还叫高力士抓住了把柄。

秋风从宫墙外吹来，一阵阵吹过槐树，众多的影子下落，孤独的影子上升，又不知有什么飞走了。到长安以来，李白越来越寂寞。贺知章归乡，张右相遭贬以来，寂寞更上层楼。自斟一杯酒，看着泛青光的酒面，似乎还看见了入京时的雄心壮志。从山东出发，仰天大笑出门，孩子们的小手也牵不住他的衣襟。他就在孩子们面前越走越快，后来飞起来了。他在妻子的眼中像飞鸟投入没有回路的远方。

现在那边的酒楼已不再飘散酒味，手植的桃树，怕也长齐了楼檐，两个儿女寄人篱下，只是从稀疏的家信里知道一点音信。平阳有多高了？伯禽也该齐她肩膀了吧？他们这会儿干吗？睡着了、醒着，也许一样在望着月亮，思念他这个离家不返的父亲？说起来，他们连个家都没有。他是一个旅人，汪洋中的一条船，不休地漂泊，最后追逐虚幻的月光远去水底，也把他们撂在水中。十年以后的长安，离此不远的秘书省，同样月光皎洁，清风徐来。杜甫一个人在院子里喝酒，望着月亮想起了远在鄜州的妻子儿女。

大半年前，因为长安物价太高，生计无着，实在待不住了，老杜带着全家出京，在西北地方绕了一个大圈，想投靠在彬州和鄜州的几个亲友。途中饿了不少肚子，受了几多白眼，有一次下连阴雨，在一家破庙里一住就二十多天，老杜又患了风湿病，没法四处走动。若不是当地的李居士仗义……老杜想来不寒而栗。后来总算把家人寄在鄜州。老杜又单身回到长安，挣自己的口食，同时幻想着出头之日。五月份，投进延恩匦的三大礼赋加上韦左丞的表奏起了作用，皇上召见了老杜。下诏在吏部就试，名字也排上了“内定人员”的队。老杜献上的大赋是老成之作，决不会重蹈王勃的轻薄之嫌，同时又适当地展现了才华，谁看了也是不可轻视的。老杜又亲眼见到了当今皇上。这应当是他人生的一个闪光点，一大转折！老杜真的觉得出头之日不远了，理想指日可待。因为这样，也就盼得更加急切。可是半年过去，并没有什么消息。老杜喝着酒，再一次想到，这可能是李林甫丞相从中阻挠。他这方面可是登峰造极！前两年，皇上下诏征求天下有一技之长的士人进京考试录用，李丞相做手脚，让所有的人落选，然后还恭贺皇上“野无遗贤”。老杜也是应考者之一。

转念一想，自己所求甚微，未必值得李丞相猜忌，可能还是人家并不真正重视吧！……是自己真的无能吗？一口酒下肚，忽然变得冰凉，脊背上一阵寒栗。也许自己的诗确实都写得不够好，还不到成名成家的程度。少年时李北海的赞誉，不过是奖掖后进，宴会上得到的一些赞誉，也不过是虚套？老杜又想到那次送岑参出关，王维独擅胜场；又想起高适讲的旗亭的赌赛。老杜觉得自己的诗确实不像他们的，在街头巷尾流传得那么广，也没有在酒席上还能真情生发的诗才。那种场合自己作的诗总有应付的味道。只是当一人独处，陷入深夜，词在口齿间摩擦出深深苦味。这说明他走上了一条与别人不同的道路。这时而意味着任重道远，时而是无路可走的别名。一种软弱让老杜更敏感于游子的身份。行路的人可以思念家乡，老杜的思乡是虚话。故乡巩县那点田园，只剩下几个远房亲戚，几个兄弟都天各一方。妻子儿女和老杜一样，永远在漂泊中，孩子们在路上出生、长大，现在他们都扔给了妻子，老杜确实不算一个好父亲。

这时候，孩子们都应该睡着了，只有妻子醒着。她也许迷糊了一会儿，因为白天太疲倦，给老杜和孩子们缝制衣服，清理前天刚刚开辟出来的瓜地，又割了一茬韭菜。水井有些远，远在老槐树那边，井绳又细又长。老杜看见了妻子脸上有泪痕？老杜想她梦见了什么，也许只是老杜这样想？她倚着帐帘，望见了帘外秋月，月亮又要满了，昨天她看院里桂树下落满了桂子，一年的果子又成熟了。谁能采到那无尽生长的漂泊之树的果子？漂泊结不结果子？老杜想到，这果子也许就是此刻的泪水。今晚拥有果子的妻子很美，面庞皎洁，鬓发如寂寞的云，手臂上漏下月光，像一段温润的玉。老杜为这样美好的人眼睛湿了，他的泪是不结果实的露水，露水正降落在关中大地上，打湿了砧声，使砧声如破碎一样断断续续，像碎叶飞散在整个长安。这不是老杜一家的秋月，老杜一家的离别，那捣衣的女子有更多的月夜，更多的露水，那深宅大院里有更多诀别。那钢铁盔甲下有更温柔的一颗果子——一定要相信它独一无二，否则这世界就不再值得。

孟浩然重归襄阳后直到去世，足迹大致不外从居家的涧南园经鱼梁渡口步行到鹿门（除了涨水，可以乘舟直通各处的日子）。这当中要经过东汉庞德公隐居的旧地。孟浩然总要排篱入内，趁半明半暗的月光，在松树荫覆的小径上走，来到寂静的山岩下。暗中一边是泉水，一边就是庞德公的读书小屋，门前石桌石凳都还在，依旧沐浴月光。

坐在这里，望见犹有灯火的鱼梁渡口，眺望中依稀可见岘山和万山。年轻时，不知攀登过它们多少次。现在他不会再登高或远足，甚至也不再向往弹琴、饮酒、朋友。确实，等远行归来，往日隐居襄阳的张子容、辛大这些朋友都已他往，求仕求名，近似他以前在不惑之年远行长安。和张子容还曾在浙江遇见一次，那时正是除夕，在乐城县令的宴会上，看见那个指挥倒酒的小官面熟，一打招呼，都是襄阳的口音，正是十五年不见的张子容！十五年前，张子容进京赴举，天快黑的时候，在菜园边上喝告别酒，子容意气风发，衬得孟浩然自己老瘦憔悴，又羡慕又悲哀，低头喝闷酒，又忍不住抬头半真半假地告诉张子容："老五，这一去高中乔迁，自然没有问题，可是别像那登了高枝的鸟，忘了老朋友啊！"脸上陪着笑容，一只手还搭在张子容的肩膀，像那些肉肆中的狐朋狗友，自己又觉得实在失态。也许就在此时，友谊变质了，是他损害了友谊！张子容只说没问题，没问题！好像他已经高中，登堂入室了。没想到十五年之后，子容也不过在这里，当一个小小的县尉，指挥倒酒！浙江的冬天，湖和海上有薄薄的风雪，风雪中一年已尽，短短的相聚后，两人要各奔前程，张子容任期已尽，要重新入京听候调遣，而半年前从长安离开的孟浩然，已决定回归家乡，名利已如薄雪，在老去的心中消融。回来不久，荆州采访使韩朝宗入朝，还来信招他一同进京，意思是大力推荐，送信人到的时候，孟浩然正和人喝酒，并不放下杯子。旁人催他："别喝了吧！这可是难得的机会！"孟浩然举杯一仰脖："我正在喝酒，顾得上吗！"听说韩朝宗很不高兴，说："到底是村野之人，不登大雅之堂。"旁人又把这话吹到孟浩然耳朵里。孟浩然也就看清了这帮"新朋友"的面目，再不愿和他们喝什么酒了。他也没有为看错了人生气、追悔，过去的就过去了。走在这昔人隐居的地方，或是月光下的路上，孟浩然的心很平安。平安得有些寂寞，寂寞得芳香，又杂着一丝苦味。

或许，生命的酵太悠长，结局不可能不郁结气味。嗅到生命的气味，也就意味着寂寞的时刻来临。轰轰烈烈的岁月，是生命的插曲，不管是一天还是长达百年。结局只是在这前人逝去的角落，自家园圃的月光下。这是令人满足的。

……

那天晚上，李白一杯接一杯喝酒，后来他就醉了。蟋蟀在他脚边演唱，草长了一寸，石桌石凳越来越冰凉。而李白的心越来越发烧发烫，往醉里越走越深，越挣扎，就要痛哭流涕，只有月光是他的希望。月亮离他越来越近、低，最后临到石桌上空不远，注视李白。李白端起酒杯邀请月亮喝酒。月亮一饮而尽，对李白说："还有你的影子呢！为什么不邀他一块喝？"李白低头一看，"哦，我可从没想到我还有这个好兄弟！你可真是我最忠实的朋友啊！"他满斟一杯送到唇边，果然地上的影子喝了。李白刚要仰脖，一看酒杯空了，竖起杯底，一滴也倒不出来。影子说："李白，是我喝了，你还没有喝！"李白怀疑："我喝了没有？我喝不下了！"他疑惑了半天，一扔杯子，一把拉住月亮跳舞，影子也拉住李白，三个在草地上跳啊，跳啊！李白脑子晕了，他晕乎乎想："好了，李白现在可不寂寞了，李白跟月亮成了一个，月亮又跟影子成了一个，现在李白就是月亮的影子，有月亮就有李白。这不就是李白的理想？”

这时，月亮忽然躲进了一块阴云，月亮没了，影子也没了，就像他们串通好了，大地上只剩下了李白。好象一桶冰水浇上李白头顶，李白停住舞步，苦苦思索，回忆。

有过刚才的月光、影子和事件吗？那为何全无痕迹？进一步说，有李白吗？李白也是在一霎中可能消失之物，此刻孤独的、疑惑的李白和记忆中饮酒、跳舞的李白之间，有没有联结？月光消失了，李白却还存在。李白为何还存在？如果李白还存在，月光怎么会消失？如果现在思索的李白是刚才跳舞的李白的遗迹，与跳舞的李白毕竟有联系，那怎么解释月亮如同影子消失得毫无痕迹？

在李白苦苦思索之时，月亮又钻出云层，影子悄然回到李白身边。思索的李白发现了，他又高兴了，高兴了一下子又开始思索。忽然在他生命的第四十个年头，李白第一次发现月亮是无情之物，同影子一样，他们并不为李白而生，不为谁而生，月亮就是月亮。无云而明，遇云而没。这样说来，李白的梦岂不是从第一天就错了？李白刚刚出生就听妈妈说，她梦见月亮投入怀中，醒来就生了李白。李白注定跟月亮相连。这个梦是真的，母亲无谎言。月亮陪伴他离乡，在客舍中洒在床前，让他思念家人，又知道家人在思念他，这也不是假的。天才的李白没有在这个晚上成为怀疑论者。

他很快就想到了：月无情，人却有情。人若无情，月即无情，世间万物莫非无情。李白不是无情之人，李白的月是有情之月。李白在月夜里不是孤独的，不是片刻间可能消逝之物。就算这是真理：他最终会消逝。

长干行

第一次看见远方，是在小学一年级的课本上。扉页几乎全是碧绿的，画着一只大燕子归来，带回南国春天的消息。这在那个可怜的、用树皮做琴的小男孩只拉了一次的琴声里（他到底是拉了一次，还是仅仅摸到了琴）也出现过。我看见了自己的港口，远方的公路，又看见只有深绿和浅绿，间杂鹅黄、浅黄的神秘原野，有海，水，神秘得从不能涉足，像洞。那是苏门答腊，包括海水紧边的东帝汶。

第一首古诗："江上往来人。"我就熟悉了那条江，江上有点点风帆，江边有青山，江流入海，人江行海宿，永无止期。我熟悉了黄鹤楼边的离别，留不住的帆，沉不却的灯火。江水深清，没有边，在整个天地间透明，江中有水草，水草都透明无根，却善于留恋。只有万年的阴沉木古板沉默，深埋着死寂的心。那真是世上最清的江，难以流逝、渡过、阻拦的江啊！先前在江边，又发生过那些事。

我在江边出生，长大，住在金陵附近的长干里。阿玲是和我一块儿玩大的。她家也住在江边。我们常常听长辈说到，江上像浪花一样，泛滥着传说。有些是过去人们的真事，过去得太久，像江水流得太远，流到大海里，不归了，但在人心里又沉得太深，忘不了，为了倾诉，就成了传说。比如那个商人的妻子变成的望夫山，就是为了说明她的心。据说她的这番心意丈夫并没领受，他没有看到那座山，因为他乘坐的船在滟滪堆撞沉了，他本来可以上岸，却终于与船同沉，为了不肯舍弃盘缠。也有别的传说：渔人顺流而下，江水通到海，海又通到天河，渔人最后到了天河，见到了织女，他问这是哪里，织女不回答，只取下支织布机的石头，赠给他。回到人间，才明白是无价之宝。这故事使我在乞巧的七月七日晚上，偷走了向织女学织布的阿玲的支机石，急得她哭了。那时我才明白，我并不要别的无价宝。

我和阿玲都生在商贾之家，我作为男孩，从小注定了要出门经商。不过，这要等到我成人，娶了妻，妻子又怀上胎之后。这是我们金陵的规矩，为的是一旦出门不归，家门不致绝了后。我们这里有一类人，他们像传说一样，在某一个年头出了江，说好回来，却再没回来。这些人一代代出现，成了单独的族类。人们回避提到他们，又没有一天能忘记他们。我要娶的妻子是阿玲。还在我骑着竹马去寻她，和她绕着床争抢青梅的时候，这就定下了。大一些，我们也都知道了。知道了也没什么特别快乐，没什么不快乐，反正只能是这样，不能想象别的样子。

但过了一两年，阿玲忽然不肯跟我玩了。她整天不出门，我难得见她一面。这时候我第一次尝到了“相思”的滋味，快乐失去了。我常常望着江水发愁，心里绝望了，像江水一样无望地流淌。我以为长辈们改变了主意，我和阿玲不能在一起了。这样想起来，我觉得眼下的认字、算账，将要到来的成人，行商，都没有一点意思，跟我没什么相关，既然不是跟阿玲。我想若是能随了那些出江不返的人，永远消失，流到大海里，变成水泡，就好了。不料忽然有一天，父母告诉我；我大了，该迎娶阿玲了。我这才知道以前的一切，是为了这一天作准备。我的快乐回来，比以前大极了。

直到娶过了阿玲来，阿玲进了我家，我才又一次见到了阿玲。这时的阿玲还蒙着盖头，由人搀扶，我觉得她离我近极了，又远极了。直到洞房中客人散去，我亲手揭下了盖头，我才真的又见到了阿玲。阿玲和一年前我熟悉的阿玲不大一样了，这使我惶惑又欢喜。阿玲像不认识我，她低下头对着灯光昏暗的墙壁，我怎么唤她，她也不回头，只是她的脸很红，好像在忍受痛苦。这样就使我心慌，也感到痛苦。

第二天，阿玲就下厨房，侍奉爹娘，端茶递水，一点不摆新娘的架子。我说什么，她也听我的。但是她不怎么看我，不愿跟我搭话。我老担心她不快活，不喜欢嫁给我，也许她家里人违背了她的意思。这使我刚得到的快乐又消失得无影无踪。我又经常一个人面对江水发呆。江水是我的好伙伴，他像长兄，总是默默地听我诉说。他要有多大的度量，才能容得下我们江边人的话啊。我又知道，我出门的日子不会太久了。我又起了随江水不返，变成水泡的念头。

这样又是一年。有一天，我正这样地坐在江边，阿玲忽然来找我，她已在我身后站了好大一会儿，我还不知道。忽然她叫我：

“阿凌。”

我身子一震，这是我的小名，成年后，连母亲也很少这样叫我，这样叫的只有阿玲。阿玲不和我说话以后，我就再听不到这个名字了。我回头，看到真是阿玲在叫我。阿玲看着我，她的眼光是熟悉的，熟悉得令我惶惑，就像我们小时一道划船去采莲，我采到了最大最熟的一朵莲蓬，从船头递给她，却使她脸上溅满了水珠。我正在惶惑，好像这世界要塌，阿玲笑了，这一笑使我心里开了花！她是在船头上笑，还是在这里？

她从脸上抹掉的，是不是莲蓬上的露？

那真是欢乐的时光！经过了这么多年的分离，我们完完全全在一起了。我简直不知道这样的日子怎么度过，却又极快地过去了。它是像港湾里的江水，浮动着，看不出流动，可又溢满了任何地方。有一天，阿玲忽然像她童年那样，特别渴念青梅。那时是大冬天，哪有青梅吃？我正在焦虑，阿玲让我明白，她怀胎了。我完全没有想到，开始高兴，紧跟着心又一沉，我想起了那个规矩，不多久，我就得出门了。没有在家里久待的理由。父母年老，守着一个小店铺，没有几分薄利。兄嫂有自家的日子，哥哥前年出门到湖南，今年年头回来，暂时没出门，怕是在等我跟他一起走。

阿玲也明白这个道理，她和我常常一起来到江边，遥望着江水，我们就想起了那些传说。阿玲说，要是我一去不返，她也愿意做那望夫山。我说我一定会回来，我出门，多则两年，少则一载，你还要好好养我们的孩子呢。“孩子”这个词让我们都觉得快乐。可是阿玲说，如果我到底不回来了，她就要带上孩子，永远在江边望我，等我回来。

阿玲十六岁那年，也是我们结婚两周年，刚刚开了春，我和哥哥一块出门了。阿玲有了三个月的身孕，和爹娘一起，站在江边望我们走。阿玲亲手将包裹交给我，我还给她肚中的孩子预先起了名字，如果是男孩，就叫来福；是女孩，就叫阿梅。我和哥哥上了船，我们站在船头，船慢慢离开了，和岸离得越来越远，阿玲她们在我的眼里越来越小，她们的手是挥着还是放下了，我看不清了，我想在她们眼里，我们的船越来越小，帆越来越缥缈了，要飘到天上去。我知道，只要还有一点点帆影，她们就会一直站在那儿，等待一切消失，眼中只剩下江水。

我和哥哥到了九江。他原来在那里有一些刺绣的生意。哥哥跟人交涉，我就在一边学习，帮着算账，整理货物。我们把九江的布由水路往上带到赣州去卖，又从赣州收茶叶回九江。一趟来回，几个月的时间，路上平安的话，能赚到一些钱。九江比起金陵差得远，更别说赣州，没有什么可看的地方，他乡的景色也不能动人。我日夜思念阿玲。

赣江的水变暖，又变凉了，然后又变暖了，从我这里，流到金陵去。这样经过了一年多，我熟悉了生意经，习惯了客居的生活，但越来越思念家乡。闲下来，我就想，再过几个月我们可以回家了。我在想给父母带些什么东西，给阿玲带什么。江西竹编的小玩意很多，我想挑两样。

不料这时赣州遭了兵灾。

我从小知道，行商的人，除了水灾、火灾、匪祸，最怕的是兵灾。哪方有了兵灾，有十倍的利也不敢往那方走。没想这回叫我们碰上了。开始听说乱军攻城，我和哥哥给堵在城里。

接着一夜之间，全城忽然都是乱兵，我和哥哥扔下新贩的布想摸黑出城，正走到城门，就给一阵乱兵冲散了，我害怕抓人劫财，一口气奔出了十里远，等想起来哥哥，再也不知在哪里了，恐怕是给乱兵抓走了。重回赣州我又不敢，我就在江边哭了一场，算是祭奠哥哥。如果他活着，长江保佑他平安回到家乡吧。

为了怕本钱给全部抢走，我们是把本钱分开的，哥哥带了大头，我身上只有二十贯钱。这点钱只够回乡的路费，出门日久，家里更紧张，这么回去是不行的。想了半天，听哥哥说过四川的竹布好，只要出峡运到荆州，就可以卖起价。我下定决心，不管怎么省俭，一定要入峡到成都，贩两趟竹布，挣一些利回去。只是遇不到人先给家里捎个信。

那年我十八岁，我独自一人由江进川。因为舟行逆水太慢，花费又贵，我经常登岸步行。那在月下行走和在舟中俯望的人都是我。住店太贵，就找个草垛柴堆什么的困一困。我从没用过枕头，装着铜钱的包裹就是我的枕头。阿玲给我做了四双鞋，是估摸着我两年穿的，现在都穿烂帮了，好在我一双也没丢，阿玲的鞋底纳得结实，鞋帮烂了鞋底还很厚，拿出先前的补补鞋帮，又能穿一阵。有次我请一位大娘补补鞋口，她边纳针边称赞："这双鞋底真纳得实在，是你娘还是媳妇纳的？可真是实心啦。"

那天晚上，我又特别思念阿玲，我想我们的孩子出生了吗，有多大了？能走路了吧？她一定在着急，我怎么还不回来。她会牵着孩子到江边望，她说过的……如果我能像江水，就好了！

五月里，趁着三峡涨水，我总算搭船进了四川。入峡的路像一条水缝，长得深得一见惊心，我看见了那个黄牛峰，大家都说，早上是它，晚上还是它，第二天醒来是它，第三天还是它，果真是这样。江水源源而来，是迎接是阻止？有一两艘船，又不得不停下，这条路真不一样啊！猿叫个不停，据说能到心碎肠断。滟滪堆那截，叫得更厉害，听说是这一带的人死得太多了，或者是滟滪堆太险，猿看了勾起悲伤。滟滪堆真是像传说中的一个大乌龟，又像马，伏在江中心，江水湍急冲撞，它只是一动不动，阻碍着来往，似乎在说："入川啊，不是好入的，看看我，趁早回头吧！"所有的船只都听到了这警告，惊心动魄，所有的船只又不听警告。不听警告的船只，全无依靠，稍有不慎，就会撞得粉身碎骨。好在我乘的船是上水，略为平安，只要注意避开下峡的船。两船相错，刚才远得帆桅看不清，倏忽碰脸，眉目紧张变形了，是生死兄弟，一胎生，又是仇敌，各自带着一团火种，可不能有燃烧的机会！下一霎可过去得老远，面目都模糊了，彼此有什么关系？只是我望来望去没看见望夫山，问人打听，他们说是夜里过了。我忽然怀疑：这本来是传说中的？

到了成都，那里出的竹布果真又好又便宜。本钱小，我只买了两匹，就近带到东川贩卖。总算跟着哥哥跑了一年多，生意上不至于吃多大亏，人家看我人老实，也肯赊欠，这样跑了两趟，攒了一点本。我就一次多进两匹布，各样式、花色的都进了一匹，搭船出川卖。我计划：这一趟先到荆州，等下一趟再进了布，就顺江带回金陵，成都的竹布跟金陵的质量差不多，价钱便宜一半，赚一点利没问题。我就可以顺便回家，和父母、阿玲团聚了。算起来，江水又暖了一次，冷了一次，一年又过去了，也不知哥哥音信如何。有次遇到一个籍贯也在金陵的桐油商，托他带封家书回去。因为他走得急，只写了封短信，告诉家里我一切平安，明年有望回家，请家中不必挂念。

这次出峡，我才算亲身领略了下峡的险。船近滟滪堆的时候，船家预先招呼大家坐稳，坐在船尾。他一人立在船头，眼睛死死盯住前方，滟滪堆越来越近，看去是马头向船冲来，我们心都要惊跳出来了，一切不可避免了。这时他大声吩咐船尾扳舵，船就贴着滟滪堆，转了个弯子，就像扯弓，滟滪堆一下就在身后很小了，都看不清形状了。这就是人们说的，过鬼门关是一眨眼的事。其他的险滩，各有各的险，还不能跟滟滪堆比。出峡真快，上次进川，黄牛峡走了三天三夜，这回只用了两个时辰，就看不到黄牛峰了。我总觉得像忘了一件事，等出了峡，才想到，这回又没看到望夫山。

在荆州，货很快脱了手，我又准备上峡。这时我却病了。

开始是吃饭伤了肠胃，我又没在意，晚上到江边坐了一回，感了风寒，结果上吐下泻，一连拉了十来天肚子，就起不来床了。我做了许多昏昏沉沉的梦，梦里父母和阿玲的影像都是碎的，活动的，我拼命拼接到了一块，成了一个世界，这个世界只存在一瞬，又因我不能负担重新碎裂了，只剩下悲伤的碎片漂浮。连江也是碎的，破碎的江水不再往下流，成了禹王开河以前的样子。

昨天，我醒来了。我的身体在发低烧，身子软得像面条，大夫说我还很虚弱，也许今天轻了，明天又复发了，能不能挺过去不一定。可不敢再劳动。脑子却完全清醒了。我看见了阿玲，不是破碎的，是活生生的阿玲。阿玲接到了我的家信。秋天里，她去到江边，看见夏日鼓涨的江水下落了，露出很多岩石，其中一块，就是她结婚后第一次呼叫我名字，我坐着的那块。阿玲坐到石头上，看到江水退潮在这块石头上留下的褐色印痕，被绿茸茸的苔藓掩没，阿玲坐在石头上，就是坐在一片草地中。这片草地上还飞着一对蝴蝶，恐怕是秋天的最后一对吧？草都要枯黄了，蝴蝶不曾离去，保留记忆。记忆中，蝴蝶总是抱着枝头死去，而草地枯了又绿。这两件事也许是关联的，有了前一件事，后一件事就来了。这是长辈们传到我们的故事。我们又会传给阿梅或来福他们，他们将在经商、生病或思念的日子想起来。

阿玲计算：按家书上的日期，明年三月动身，那么四月半也就到家了，我们全家能在一块过个好好的端午。金陵平时热闹，端午节更热闹！满城的人都出来了，到燕子矶抛粽子，秦淮河看赛龙船，那龙船比天下所有的都好，是金色的，整个河水和两岸照得金煌煌，听说这是“金陵”的由来！雨花台和夫子庙，人山人海。打秋千的，舞剑的，演“踏摇娘”，参军戏的，遮了一地，我和阿玲带着阿梅或来福，挤在人堆里看戏。那个胖大汉装成女人，一把鼻涕一把泪骂“她”的丈夫，我们肚子都笑痛了，又想流泪！……有一种耍长竿的，据说长竿顶一直通天，爬竿的小孩顺着竿子爬上去，就再下不来了，如果再下来，那一定是受了天谴，一头倒栽下来，没有全尸！我们怕看这个，遇到了远远躲过去，又不由在远处眺望。那小孩是幸是不幸？我们觉得，他是不幸的。天上虽说好，摔下来太惨！

我们又一块到江边放河灯。听说这也是楚国人带来的风俗，把人的灵托给江水。我和阿玲一起放了一个，载着我们两个的灵。灯漂得很远，很远，在水中也永远不会灭，把江底都照透了，鲤鱼躲在灯下，看这个世界有了光！

我要给阿玲一个惊喜：我决定现在就回去。先生说我要静养，不过我害怕越养病越重，就再也回不了家，见不到父母跟阿玲了。我好歹撑到船上，船顺着江水走，我就这么在江上往下流，怎么也会流到阿玲身边，不像那些人一去不返……如果我半路上挺不住了呢？如果船沉了，尸骨都丢了呢？我想阿玲一定会来接我。她会来接我，一直走到长风沙，那个地方距金陵有七百里。我听说，望夫山其实不在三峡，难怪我上峡下峡都没望见。望夫山其实是望夫石，就在长江边。其实这一点阿玲在那天坐在江边我曾坐过的石头上就想到了，她早就想好到长风沙接我。她会一直站在那里，望着江水流过来，江水里有我，我就这样永远，从她面前流过去。我们一直这样相依为命，我涨水的时候，就把她淹没了，我们就相聚；退潮的秋天，我们离开了一点，我们就相望。这样，后来的人，包括阿梅或来福他们，就会把阿玲当做一块石头，称作望夫石。其实望夫石并不奇特，也不止一块。江边有那么多石头，都有可能，有故事。

这样，我就又得到了完完全全的快乐。我和阿玲的快乐，过了几世几辈，一点没消蚀，流到了李白手里，就变成了诗。

桃花潭

在深处的林里，地上很丰满。繁复的草叶花瓣，隐藏着水下的世界。一切来路不明，也许山谷一刻之间会全然变化，再也找不着路径。

这是安心地回忆的时刻吗，是心中和平的境遇。对浮萍草，有什么念想？浮萍的秘密比一个世界广大，它们紧紧簇拥的水下的脚，用来描绘它们的那尾部细微的弯钩的词汇，要汇成一部大书。很多东西只有在显微镜下才能看见。而显微镜超出了这个世界。这样的弯钩不是每一片浮萍都有，如同蝎子，但又成为每一片浮萍的生命之根。

如果人成为一片浮萍，就远去，春天来的时候，记忆中的桃花潭水从深处涨起，四面漫溢，自然辨不出任何路径，但又是处处可通，这就是孟浩然梦想的境界吧！这时刻人就远行了，桃花潭成为不出口的秘密，深刻的记忆，留下刻痕。水中的桃花，清沉沉的影，需要另一世界的词汇、调子。也许就是踏歌的调子。歌声响起，春天成为世界，动摇的季节，有幻想和希望，如同阳光之物。因为心中还有那深林的水洼，心愿繁复，似三月雪中迷蒙的烟花。来到岸边，水深千尺。在舟上无法做记号。美好的空忙？

桃花潭，似乎就在我家乡某个地方，离家不远，景色逼真。真的，用童年作证。从什么时候起，失去母亲，也许还在那以前？生活变得没有爱了。在陕南的时候，成人后的第一段孤独岁月，我仍旧渴念着远方。在夜晚，清澈的江畔，对岸遥远的灯火铺上江面，架起道路。我已不再是小孩子。“爸爸的花儿落了。”太阳花比太阳更遥远，微渺的沙海，小生物！有人给我启蒙。在他乡土地上乱走，躺在温和的田园。自由是个彼岸之物，我忍受着，一天一天地没有觉悟。但歌声，也许以汽车喇叭声为形式在深夜出现，使我突然惊心：这样，是在下坠？现在说“上路”是虚假的。还有多少少年气呢？没有结果的暗恋，或表露，几片善心的、愉悦的痕迹，甚至看到一角的心灵，终究模糊，就这么过去，看到了自己的妄想，又进入更大的迷惑。这不是什么“使心灵焦灼”的有意思的“谜团”，是生活。在烦乏的麻醉里，想起桃花潭，像是布景。但是否还有作出决定的可能性？提笔，有重新选择的契机？

在一个有月光的晚上，也可以说是逃亡的晚上，李白登上了虎丘。

虎丘在黑暗中。但随着诗人走近，真娘墓、千人石和剑池依旧显现，悬壁上有颗粒的微小花枝，让人疑心做着剑的梦。脆弱微小的梦，在和平的日子里一样，夜晚萌生，青春无迹。面对这些微小的花朵，逃亡之路也许虚幻。似乎有微明的水际，围绕着虎丘，水际两边更加黑暗。远望出去，看见依稀的小山，点缀在吴地全境。黑夜里没有机动船的吼声，没有佛号，也听不见寒山寺的钟声。

在宣州，诗人有一次意外之旅。当地的酒楼上正飘满杨花，桃花也次第粉红，完全像是一次虚幻的聚会，进入了别样的时代，跟眼下的战争没一点关系，李白不禁停住脚步，上了酒楼。在酒楼上李白认识了汪伦，或者汪伦结识了李白。汪伦的崇拜让李白依稀想起当年，在金陵遇见的魏万。在席间，汪伦起先担心李白喝醉了，后来发现他酒量无边，又连连主动跟李白碰杯，一会儿就喝醉了，面颊像太阳一样鲜红。这暴露出他还是个少年，富于幻想和信任，像李白未出蜀的当年。

这种崇拜甚至让李白不久前在华山上见到的情景变得虚幻：李白在一个下午登上了华山。这本是他逃亡的开始。但由于改不了习惯，他把这次逃亡变成游历，正如他以前求取功名、娶妻生子和被逐出京，一次次都变成了游历。李白看到了他幻想中的昆仑，在夕阳下显露晦暗莫测的轮廓，不是梦中的庄严。从踏入长安的第一刻，李白就觉得自己住在昆仑脚下，黄河的源头。巨大的威胁同时也是庇护：黄河奔泻而来，割裂并席卷大地，使青丝转瞬沾满头皮屑像落了雪，田中桑树成为扶桑。在轮回中有李白秘密的满足。他就是那白发三千丈的老翁，坐在黄河咆哮的堂上，面对一切脚边被淹没之物，庆幸不久要轮到自己，由此而来的对蜉蝣之生的超越。他是不是就是那个糟老头子，在洪水的日子偏要渡河，不听妻子劝？他的须发刺猬一样拖在脑后飘扬，心中有疯狂的满足，不顾一切。在这样崩裂的大日子，妻子的痛哭，算什么！现在，是又崩裂了？可是这一次没有密约，只有预感，毫无办法的预感，临到头还是猝不及防。去长安的路被堵死，留给他的只有虚幻的逃亡。

那么自己是不是逃亡者？与逃亡相关的身份，还有救亡和叛徒。它们跟诗人有何关联？在途中，人们都无名无姓，没有语言。也许所有的人都把诗歌藏在心底，也许从来没有诗歌，关于诗歌的幻想也不为人知，使诗人成了一个彻底的另类：只有他一个人的逃亡是虚幻的！

汪伦发出了邀请。他说，他的家乡陈村，有十里桃花，万家酒店。汪伦觉得自己变得大胆，也许是酒的作用或李白的感染？只看李白的诗，和见到他的人，是完全不一样的。当然，重要的是他有这样美丽的家乡，使汪伦在李白面前似乎算了一点什么。否则，汪伦的邀请算什么呢？

如果拒绝汪伦的邀请，继续逃亡，那么就是拒绝酒楼上盛开的桃花和酒楼本身，把此刻发生在酒楼上的事归还虚幻，那么逃亡成为真实，诗人不再是诗人，成为一个真正的逃亡者，和身边的无名者没有两样。

如果答应汪伦的笑容，应允酒楼上盛开的桃花和酒，以及汪伦家乡“十里桃花，万家酒店”的允诺，那么逃亡仍旧虚幻，李白仍旧孤独，但诗人还是诗人，也许甚至过去的世界还是过去的世界。因此，李白跟新朋友汪伦来到陈村。

在虎丘上，李白想起：到了陈村，才知道“十里桃花、万家酒店”的允诺是假的，“十里桃花”，原来是说离汪伦的家十里有桃林。万家酒店就是一家姓万的人开的酒店。失望的李白觉得新朋友玩了一个老套的文字游戏。他没去看十里桃花，也没有在万家酒店里喝酒，立刻走回头路。在万家渡口登舟的时候，李白也离开了那一片给他以诗人前景或记忆的允诺。

潭水流得看不出地缓，李白在舟中荡漾。他到底是谁？其实这个问题，并不是从动乱开始才尖锐。也许从他离开山东酒楼，他就一直回避这个疑问。这时汪伦却在岸上踏着脚，唱起送别的歌。此刻他已完全清醒，不再自怨自艾也不再惶恐。也许他把自己的允诺当作了家乡的，也许他领会错了家乡的允诺，因为酒醉和诗人。汪伦心头只有依依惜别之情，为自己的青春某一段送行。他的歌声也许类似：今宵离别后，何日君再来？歌声悠扬，一首和平的歌，充满青年的心愿！

李白忽然热泪盈眶。他在所有的离别和送别中，从未听过这样的歌。一瞬间，他觉得从前他那些诗都是假的，那时，他还不会感动。李白的问题也是假的。该怎么样，就怎么样，是诗人或逃亡者，是救亡志士甚至是叛徒，都可以，就像自己年轻时那样，像汪伦这样，把幻想当作现实，又把现实不过看作幻想。

李白在舟中大声叫："汪伦，我要给你最好的诗，我从来没写过的，你——听——着——"

登上虎丘的夜晚后来变得很神秘，就像剑池底的那些剑。虎丘本来没有多少神秘感，太多的人去那里。在一个半阴半晴的下午，我也到了虎丘，我坐在一处少人的坡地，浑浊的水上有船，机动船螺旋桨突突地前进，遥望远处一片错落的灰扑扑的屋顶，做我的白日梦。

我想：到底李白是不是来过这里？大家都不清楚，那天夜里他看到了什么，连他的逃亡都不明了？他年轻时就来了，重来却成为孤魂？这样想看，也许有一会儿，我自己变成了李白。

我梦想中的吴地，青墨的雨，有深深的水和许多夜晚。微小的东西藏得深，比如枫桥和夜里的钟声。因为有了落第的隐秘哀愁，才变得亲切黑暗，庇护敏感者。

白天，好比一座新建的火车站，有不高的候车大厅和不小的广场，阳光炎热，果贩无精打采，神秘之物迥然消逝。我梦见的吴地因疑问而虚幻，使理想受阻，岁月蹉跎。这么多岁月以来，诗人到底到哪里去了？如果李白来了，是为什么？他还在逃亡吗？

有一天，我在一条小街上，一个书铺的角落里发现：李白原来在救亡！这是西安，古代长安中的一家小书肆，在大学的后街。街上有拥挤的店铺，一些是杂货铺，有时仿佛还有骡马来往。书很薄，在书架里只占了一道罅缝，几乎蒙尘了。写这本小册子的，是我所在大学里一位不熟悉但名字充满书香味的教授。册子说，李白当年来往于苏州和杭州，进行举义起事的秘密活动。

李白的行动没成功，也许毫无成效，他没有说动实力派。不过这不是最主要的。我的诗人曾是酒蚁、斗鸡者、隐士和弄臣，他一直是旅行者，最近他是另类的逃亡者。而现在，他是一个秘密志士！那个虎丘的夜晚，他真的看到了微明的水吗？他去接头。一件幽微之物在他眼前浮动，似乎是象形的文字，伪装的血与火的情报，他会用生命懂得和保守它，等待在必要时交出它。是不是在宴会上，在美人酡红朱颜的掩护下，一次握手完成了某种约定？是不是定情的锦囊中夹带着密件？一直等到黎明与黑夜交替，黎明依旧而来，那“必要”或“非如此不可”，还没有露面吗？梨树的枝桠落上晨曦，身影在原野里分外纯洁。湿润的原野上，到处有洼地，青色的远方似乎微白明亮，还有无数的河流。只有这块土地有无数的河流。从黑夜中走出，不再等待。但不是放弃而是上路，从苏州奔向杭州，从杭州奔向苏州，从纸醉金迷的酒筵到鸡声清冷的茅店雪夜，穿越大片的雪野，李白成了田野中的梦。

虎丘的夜晚无法证实。小册子历劫后的古长安。在一家小书肆的角落里，一点不显眼，或许已经蒙尘。是否有尚留存的见证人，有生死不渝的红颜知己，作为存在的见证的“物”。诗算不算这样的“物”？否则，这本小册子的发现带来的是：逃亡是虚空，救亡是虚空，旅行是虚空，剩下的可能的角色是叛徒，至今未在日光下出场的角色。

虽然“物”使人更孤单！

梁园吟

战前的一天，魏万离开王屋，去追赶李白。

最近的消息，李白正在梁宋之间漫游。这是合宜的时机。当李白还在长安，谁到长安，按一定的时间，花一定的功夫，都可以见到他。但那就没有什么意义。现在李白又恢复了他那长久的漫游，并且近在梁园。魏万感到从童年以后，和诗人从未这么亲近过，付出一定努力，就能见他，这使他心直跳。

童年时，按说李白曾经和魏万离得更近。他那时在聊城县造了一座酒楼，住了将近十年，魏万在第六年上出生。等魏万见到第一首李白的诗，他已走了，把孩子寄在当地。魏万学习李白，后来也离开家乡。

他起初到洛阳，在天津桥南，见到了董糟丘为李白造的另一座酒楼。酒楼如今仍高朋满座，座间却不见纪念诗人的痕迹，比如一幅画像什么的，一打听，竟然没有人知道董糟丘。因此也许李白当年不过是经常来此喝酒，当时酒楼的老板叫董糟丘，二人结下了超过顾客同老板的正常情谊。魏万仍旧挑了一处靠窗的座位坐下，要了一小壶酒，慢慢地品，虽然他不大会喝酒，老是红脸，看上去就像害羞。有多少事情你必须学会！楼外就是洛水，掩映在杨柳丛中，在夜里柳堤上也许很适宜吹笛，更适宜倾听，并且勾起故乡的情思。

魏万没有什么固定的去向，以后一段时间，他就沿着洛水走，有一搭没一搭回想洛神的传说，似乎也看到了陈思王接受缥缈的洛神赠予枕头的场面。越到上游，洛水越清，走完了洛水，心思也彻底清澈了。本来想去长安，发现自己不再那么急，向北渡过黄河，来到王屋山。他买了房子和田地，住下来，似乎是隐居，又像故意延宕，延宕了有关诗人的一切经历。

在王屋山的日子，魏万有时登高临远，见识了许多与故乡不同的风物。秋日，青天里的树林格外疏朗，山岩巍巍，飘满落叶。在这段日子里，魏万还游历了“小有清虚洞天”，洞外开阔，高原上足可放马奔驰，洞内下层是水，上层是险狭的岩石，很容易失足。魏万走到没有光之处就退出来。在这样和平的岁月中，心灵产生了苦味，手心揉着的黄蒿。直到李白被放还出京的消息传来，他忽然感到一种完全的喜悦，解决了青年以来的问题。魏万下了王屋山，在龙门下游渡过黄河。龙门渡河是魏万从未遇过的惊心动魄的时刻。

在黄河北岸，魏万下了一条平底小舟，小舟开始紧附岸边，竟掀起波浪的深壕。一旦离开岸边，大陆瞬间消失，小舟在波浪的世界底部，有类似安宁的时刻，摇篮与婴儿。然而随即化为仇敌，疾速追逐的坟墓，走入永远幽暗的深渊，归于它千古之谜的内情。时光如何辨别？速度磨砺成剑，刺穿心胸，在屏息中度劫，一霎少年的青丝成白发，铁杵就这样成针。小舟却并未覆灭，保留着度尽劫波的希望！

你知道天下黄河九十九道弯，九十九道弯上九十九条船，九十九条船上九十九个艄公齐把艄来扳……

梁园看来是个没落的地方。魏万急匆匆打听李白，却听说他南下了。李白并不是固定地待在梁园，他是绕着圈子在旅游。魏万在梁园住下来。他想诗人会回来。魏万发现这里流传一首叫《梁园吟》的新诗。魏万一听就知道，这首诗是李白作的。诗中竟然也提到黄河乘舟的经历，原来魏万的感受，李白已预先表达了，这给了魏万奇妙的欣喜：诗人一直在关心他。魏万在他的小本子上抄录这首诗。他这个小本子是专用的，记下路上偶尔听到、见到，触摸到的李白的诗。这种情况下的诗只是一些痕迹。这些痕迹一丝不苟地保存在他的本子里。魏万等待了很久，中间他游历了梁园和平台，还经常登上汴水边的高楼远眺。平台上，像围着一个个圆心，远近散布着丛林，似乎十面埋伏。有失群的野兽，日暮时发出悲嚎，在圆圈中疾速消失。清晨时分，远处有时匍匐着烟柱，横亘原野不见首尾，令人难以判断：这是巫婆的轨迹吗，还是上帝的暗示？这里已发生无数次战争。这种烟柱，是过去杀气的留存，还是有关未来的预言？

相比之下，梁园那些消逝了的，明净的有音乐和赋的早晨，有如梦幻。魏万在梁园没有等到李白。只得到了一些讯息。听说，李白这次是和杜甫、高适结伴，在汝南游历之后，就去齐州拜访李北海太守了。魏万赶往齐州，听说诗人从单父台下来后，正在湖上历下亭饮宴。魏万匆匆来到历下亭，已人去亭空。他在亭中徘徊，发现了亭柱上的墨迹，得到安慰。魏万拜访了李太守。李太守很颀长，是个潇洒的长者。这是魏万第一次拜访高官，他默诵李白的《上韩荆州书》来增添勇气。但第一眼他就安静下来，觉得自己又长了阅历。李太守和那些有关铜匭的往事和时代相联，并且是以勇气联结的。李太守说，李白和杜甫一起去了东鲁，行踪在泗水、徂徕一带。李白在东鲁城外湖上泛舟。他们循着月光转折，寻找幽僻之境，湖面似乎闪着雪光，似乎大雪一直下到了船篷内部……这也就是山阴的意境——过而不入，带给同乘者缥缈感。对于我李白来说，你们是同乘者；但在现时，反过来也是。城外的树，不久就要挥发沙沙的秋声，漫长的路中，什么能长久，带来信心？

当魏万赶到，晚霞正从海上带来夕照。徂徕颜色如酒，诗人留下的醉意未散。也许，这是因为这片靠海的大地，有不能忘却的温情。魏万失望之余，想到了诗人留在这里的儿女。他想到代诗人去看望。魏万站在酒楼下，看到这间楼房很普通，修造时没上过清漆，柱檐的木色已在裸露中晦暗。也许这本来就只是一座带阁楼的平房。李白走了以后，它就失去了特别的光彩。难道诗人的儿女，长年就孤独地在楼中生活吗？孤独是永恒的？二十七岁的魏万，心中充满“同情”，不是对孩子们而是对于诗人。

门轻微地转动，一个少女出门倒水，这就是平阳。水很快浸入阶下泥土中，没什么湿迹了。平阳倒了水，不马上进屋，提着小木盆眺望。（1. 她看见桃树。对于诗人，因为孤零零立在记忆的院心，它有特殊的姿态的象征，也许就是“相思树”。但这是对于平阳吗？她可能流过一两次但没有得到安慰的泪水。就像心中的暗河，具有跟地表水完全不同的激动性质，和她的外表及名字并不相称。平阳的平静是到死的。她什么也不会告诉远道而来的魏万。魏万感到这一点。他为此不敢惊动她。2. 她什么也没看见。没有象征。平阳在为生计操心。是青春的红润，掩饰着她手上的茧子。为了这些茧子消失，需要移山填海！下定决心，也许有一个人能做到这件事，但这不是魏万。平阳在专注地思考一条长远的可行办法。也许她已失去耐心，打算不得已而求其次，只要能同时顾到弟弟伯禽。她并不想到诗人父亲。那些飘风一样的音讯。）

魏万不敢惊动她。她是她的寂静时刻的主人，这里怎能有其他的弄权者？魏万离开院子，来到田地中。他还没有见到伯禽，他是什么状况？魏万不愿就此离开。他不是使者，却搁不下隐约的也许是使命感。魏万看见一个少年迎面而归。他抱着双手，样子是从集镇上无所得而来。魏万马上明白了平阳沉静的一部分。他拦住他，明知故问："认识伯禽吗？"少年抬头奇怪地瞧他。这是一种睨视，额上显出不相称的皱纹。"伯禽？那是我的小名。现在人们叫我二狗子。""那你还是平阳的弟弟吗？""我姐现在也不喊平阳了，那也是她的小名，现在大伙喊她大菊子，她都急着嫁人了。嫁了人，大菊子也没人喊了。你怎么知道我姐姐和我的小名？"

"你们是李白的儿女，诗人李白。平阳、伯禽，那是他给你们起的名字啊。"二狗子一点反应都没有，甚至把双手笼进了袖筒子，完全像一个农民那样。“李白，那是我父亲。但那是好多年以前的事了。”他忽然将手抽出来，眼睛亮了一下，魏万心动，知道这亮光属于——伯禽。“前一段，我在镇子上菜馆里，听说他回山东来了。”他眼里的亮光已熄灭，恢复了玩世不恭。“我以为他会来看我们。”他轻描淡写说，再次笼起袖筒。

魏万感到了他那致命的漠不关心，他有些激动：“伯禽，你不爱你的父亲吗？怎么能不热爱？！他是伟大的诗人。你们不为这样的父亲骄傲？你这样冷漠是有问题的。”

伯禽忽然也激动了，他仿佛撕去了冷漠的伪装，或揭下了壳，说：“问题是我和姐姐是什么？有没有人管我们？昨天晚上我在镇子上菜馆过夜。在长凳上，没有盖的。我为啥不回所谓的酒楼？我不想回去，虽说我知道我不回去，姐姐就要担心，怕我醉死在凳子上。酒楼太旧，记忆太多了，我一天也待不下去。从他仰天大笑不顾我们的挽留出门那天，到现在多久了？连破坏了的蜘蛛网也修不好了，何况别的。我是个混混，不是诗人的儿子，我不愿意扶牛犁田，宁愿在街上吃闲饭，耍嘴皮子，在长凳上、穿堂里混日子。但是我绝不打李白儿子的招牌。我心安理得。只有姐姐叫我心痛。我放荡一天，姐姐的心痛就多一分，我在放荡的时候也想着姐姐，但我虽然想到了，也许正因为想到了，却更想放荡。因为我是诗人的儿子，却不会写诗！姐姐现在老在想一条两全其美的法子：她又能出嫁，又能安置我。她不明白两全其美只是一个成语。当我躺在窄窄的长凳上，想要既睡得香又不摔下去，我知道两全其美只是一个成语。姐姐不能把我安置在酒楼，因为我不愿意；带着去婆家吃闲饭，人家不愿意。因为我和姐姐都只有小名，没有大名。没有大名，就是没爹没娘。对了，你是什么人，问这些干什么？”魏万本想大声说：“我是诗人的追随者，我受他之托来看望你们。”可他只是小声回答：“我是一个读者。我只是知道你们姐弟的小名。”

伯禽恢复了冷漠委顿的神气，依旧手插在袖筒里，低着头走了。从背影看起来，他像个老人。

魏万忽然想到：确实，诗人连伯禽的年龄也搞错了。他说：“如果你们看见我的孩子，他应该正在骑着小羊游戏。”也许在李白的记忆中，伯禽和平阳都还是当年他离家时那个样子。他们在他的记忆中停滞了。魏万只是想不通：李白这次回山东，为何没有回酒楼来看一眼？也没有探望妻子的坟墓？

魏万没想通。另一个问题忽然产生了：他该继续追寻李白吗？ 也许诗人的另一面，真的只是一个酒蚁、斗鸡者、不合格的父亲。

魏万此后的行程，有什么已经发生变化。肯定有些什么不同了，魏万怀疑应否后悔见到平阳和伯禽，但另一方面，在较为晦暗的层次上，他又觉得和诗人更亲近了。这就像是光亮消退后，在黄昏中走路，更明亮地看见景物。

在石门没有见到李白，这也许部分地是魏万上路前已预见的。秋天旷远，泗水白白流淌，悠然流淌，抚慰顽石，一个渔人在石滩结网。因为处在此刻之中，此刻的情景就像是永恒的。只有诗人怀有焦灼，肉中的刺，急急离开生活的河床。因此追寻李白成为难事。

那么你自己呢？为了什么而奔忙？你的领受或者付出单纯吗？

类似追逐风。

走过了一处安着辘轳的井台，
那井台上没有我的妹妹。
向赶羊的人打听消息，
他们说她拾羊粪去了。
黑骏马扬蹄冲上山坡，
那俊美的姑娘啊从山上下来，
那下来的却不是我的妹妹。

这天，魏万来到运河边，拿不定主意：是乘一只帆船，还是沿运河步行。或者他租一匹马，蹴踏河岸湿润的青春泥土。因此他现在看上去是站在树下哪也不想去。

运河中心是清澈的，靠近河岸则稍显浑浊，这是因为在大地中开挖出来，也许因为这条河来自黄河。

在魏万的沉思——犹豫中，忽然响起低沉的号子，像是从远方的田地下升起。起初，这只是一种富有感情的浑然音响，并不一定是人声，但忽然人声的性质确定了，心胸从开放到充满期待，等待人们的出现，这时候人们就是我们的亲友归来。

人们的出现也和声音一样毫无迹象也许已经显露，只是眼睛尚不能适应。一经出现，就迅速无阻挡地长大，确定，从笼统的“亲友”现出确切的身份，魏万感到了自身和这个友好的集体的距离，观察这只纤夫的队伍，他们拖载的船，——作为一个眺望者，不在队伍中也不像船头那个同样在眺望远方的乘客。纤夫们的号子声越来越大，心胸产生兴奋的共振，就像船前进，水振荡两岸。

魏万听不懂他们的号子到底是什么，大概是苏北方言。他迎着船走了几步，这只杂色的队伍，好像风日晴时晾了一院子的小衣小衫，面目更纷呈而亲切。但再靠近，他们个人的面目都低垂而隐蔽。满弦的身体合一了，像凝胶粘贴的羽毛。只有汗水在离去，时光却缓慢得几乎静止了，因为船只的运动从它自身完全看不出来，时光每流逝一刹那，距离增加或减少一寸，都只能从弓弦样的步伐上得知，这是全部世界的信心所系，看来如此脆弱却永不变形。船过去以后，水波的鼓荡复归平静，浑浊了的河水又回归中间清两岸淡黄，时间依旧流淌。痕迹是青泥中的脚印，不仅这一次，还包括很久以来。脚印的五个趾印抓地很深，是另一艘船的锚。一到春天，纤夫们就是赤脚；而冬天黄河水浅，大河无水小河干，是无法通航的，因此这些脚印永远赤裸。这艘船可能来自扬州，去洛阳。

魏万没雇坐骑，他打算顺着运河走上相当长一段。杨柳在眼前吐絮。也许等他走完一段路，青条已拂面了。路上他心情很愉快，也不想走完以后去干吗。也许类似“十八岁出门远行”。

魏万再次想起李白，是在苏州一处客栈楼上。从那里可望见虎丘，也隐隐传来寒山寺的钟声。此前一段时间，魏万行踪不明，一大疑点是他肯定要路过扬州，当时李白正在扬州，魏万却似乎不知道这个消息。他徒步到底走了多远，路上是否平安，也无从得知。他趁着性子就到了苏州，在客栈的楼上，向杭州出发的前夕，忽然想起李白，因为那天月光很好，引起魏万思念家乡。这时从一处青楼又传来妓女婉转的歌声，唱的是“床前明月光”。魏万忽然想起离家乡已很久。他出门以来是做什么？似乎是追寻诗人，然而自从离开山东，发生了某些变化。现在他来到这里，仍未见到李白。追寻变成了一个幻象，永远没有目的地的过程。或者他不是为了追赶李白，那只是他个人的一趟历程，只与魏万有关。现在该怎么办？

依稀这几天听人说，李白现在从秋浦回来，就在金陵，可说近在咫尺。连他的旅馆也是清楚的，是在秦淮河边。现在动身，一去就能见着，那个连续的幻象也就打破了，魏万从故乡的出发有了目的，而且目的达成了。这是不可错过的机会。

第二天，魏万却南下了。

来年夏天，李白住在扬州。一天，有个青年来见他。自称王屋山人魏万。纯洁的面皮泛着黑红，刚刚经历了火热阳光的直射。果然魏万说，他从会稽海边来，在那里耽搁了大半年时间，爬了天姥山，天姥山是一次惊心动魄的经历。还有东山和其他很多山，还看到海。

“你的经历跟我差不多一样。”李白语气略为不平静，“你在天姥山上看见海了吗？”

“我看见朝阳从海上升起。可是这以前我陷入了黑暗。道路和远景忽然不见了，我面对昏暗的迷宫，似乎是无可选择的，通往深渊的小径。正在我思索时，雷声震响，是威胁，对延宕的警告，催促我躲入洞穴。但这使我豪气顿生。我坚持，沉默——于是一切忽然消失了，道路重现，依旧漫漫。我增添了信心，向顶点攀登，直到我筋疲力尽。这时太阳升起，温暖的阳光和大海，不清楚是对我失败的抚慰，还是成功的喜悦。突然我喜悦地休息了，发现顶点不需要到达。”

“你的经历跟我差不多一样。”李白说。“差不多。”他又说，像有点激动。

“不一样的是，在我的经历中有个目的，就是你。有段时间，我以为你消失了，我想任性地离开你，走得越远越好。但我从天姥山上下来，那个目的又回到我的行走中，正如你说的，我意识到有了你的经历。因此我径直来见你了。”

魏万没有说他在酒楼附近产生的疑问。也许在相见的愉悦中，已经忘掉了疑问。只是读李白的诗，听他的故事，与见到李白是大不相同的，魏万觉得李白像他在天姥山上看到的大海或天空，强烈鲜明，鲜红或蔚蓝，没有中间色调。他有感恩的心情。

“那么你现在的行程算是完成了。你以后做什么呢？”

“我不知道我还要做什么。但我感到很有希望。”“难道没有一丝疑问？”是啊，酒楼……但魏万决心说：“没有疑问。”

“那好”，李白说，“我们的见面是可信的，贵重的。它应该不止是完成，而是确定的开始。尤其是你比我年轻得多，似乎年轻整整一个世纪。我想，我应该托付给你一件事。”

“就是编订我的诗集。这件事做起来很难。我一直不确定托付给谁。我的诗都是随时而做，不光为了发表，大部分做了就丢了。我现在能给你的，只是一小部分稿子，简直是一些残稿，只不过是你这个任务的渺小的开端。我的诗都在路上。这就是说，你要重新上路，也许走的比你追寻我本人的路还要长得多。”

“你还要留心，有的诗，是我丢在荒郊的，狐狸也能随时据为己有。有的诗，是我梦或醉中作的，醒来就了无痕迹。就是这样的诗。你也能找出痕迹吗？”

“没有痕迹是不留下来的。只要用心追寻。”魏万回答。

魏万接过那摞诗卷子。这时，他的心澄明而有醉意，这醉意也许从澄明深处来，也可能比李白本人还要体验得多。这时，疑问也就消失了，因为魏万明白，有些疑问，就像风，不需要去追问。

五　杜甫行

天马

大二时，有天学校组织到碑林博物馆参观。

这是西安著名的古迹，长安流传下来的完全真迹，更是书法爱好者的好去处。我在那些林立的、一样发黑古老，有的套上了玻璃模子，有的任由自然侵蚀了上千年，字迹还清晰的碑间转了很久。碑上有一些字磨折了，有些颜面近于蚀平，关键的字句读不通了，但就是那些完整的碑字，我也没从内容上读出什么，他们就是一些高大的碑。后来我到天井里站一会儿。我的手握住一根柱子什么的，粗糙的触觉使我注意它。在注意中，我逐渐感到，它不只是一根普通的柱子。在生满绿苔的地上，它果然带有一个牌子，叫做“拴马桩”。这个牌示是新添的，“马”是简化字，看不出太多意味。木桩在空地上依次排列着十来根，刚才我们直奔碑林时忽略了。

也许是因为，比起亭廊保护的古碑，它们受蚀得更加严重，接受天然的雨打风吹，颜色更彻底地靠近泥土的晦暗、和平的碧绿，更难引人注目。除了那块标示牌，它本身也没有被刻任何字，我也忘了它们具体的形制，是否有一个搭扣，一处折曲，方便拴绳子，诸如此类。但是它们站在那里，足有一小群。

后来，我通过一道半螺旋的通道下到地底，到一个光线黯淡空荡的陈列馆里。壁和地面的坚实，散布的石人、石马、石棺，使陈列馆像一个巨大石室。在石壁上，我看见镶嵌的四副石头浮雕。那是一堆堆马形的岩石，岩石的性质没有损失，和寺庙里那些光润的和尚雕塑，是两回事。那些和尚们栩栩如生，血肉光润，叫你忘了雕刻它们的材料——石头。眼前这些马，却明明白白告诉你是石头骨肉和石头的灵魂，甚至石头的眼神，使我惶惑。总算，我在第一匹浮雕上看到了一行小字："白蹄乌。昭陵六骏之一"。我想到了当年更有名的照夜白。

老杜第一次看见照夜白，是在曹霸将军的画里。曹霸将军是老杜祖父的好友，父亲去世以后，老杜翻检旧迹，无意中见到了其中一幅。老杜听先人讲，曹将军为照夜白画像，仆人牵马站在御榻前，照夜白越来越不安，等榻上的照夜白画好了，榻下的照夜白发一声长啸，扬蹄奔上御榻，冲撞画上的照夜白。正好有个小童进门，见状大叫："不好了！两匹马打起来了！"……老杜看看画上的照夜白，相貌清癯，双耳峻刻，瘦骨像铁削出，可以承受千钧万击，细长劲健的腿脚下，一双铁蹄，随时在驰骋万千疆域。这样的龙种是可以托付死生的！老杜本来想写一首忆昔诗，却因此改写了一首献给骏马的诗。后来老杜来长安，那时韩干画的马正在流行，老杜一见那种肥大无比的"马"就倒胃口。听说这种"马"倒被认为青出于蓝，韩干的名气大过了当年他师父曹霸将军，曹将军的马反而被认为跟不上时代。老杜由此也领略了世风的浇漓。

他其实明白：天下承平日久，官家和私人的马都无驰骋征战的机会，积存了大量脂肪，成了画上那个样子，人民又以此为美，其中暗藏危机。听说天子的内厩中，养育有纯种的汗血马，那才是真正的龙胎凤种。它们身在养尊处优的内厩，却日夜渴望着水草丰美，无垠自由的边疆，它们的故乡。

在青海，黄河发源之地，有一种传说中的神马，牧人简称为“神”。这种神马只出现在牧人的梦中，人的眼睛根本没有望见过。它们像霜露在夜中降下，纵使是大白天，也会在你看到它之前疏忽消逝。人们在夜里或清晨把母马放出去，任她们在湖泊边或密林旁漫游，那里的原野一片纯洁。她们也可以说在等待，因为说不定的时间，神马会来到她们中。这样，就孕育和产下了有一半神马血统的天马。

天马一生下来就野性难驯，不得不遭受最严格的训练。然而一旦训练成功，它们就是世间最好的战士。对它们的训练采用与责打相反的理想主义的方式。为了理想，这些一半神的血统的马甘心为人类服务，并且比人类本身更忠实于这些理想，诸如英勇捐躯。它们有着雷锋一样美好的名声。

夜里你乘众人都睡去，谛听，就会听见它们的嘶鸣透过宫殿高墙，似从地底穿出。据说，它们白天是马，一旦月光出现，洒进内厩，就化成了本来面目的蛟龙，它们摆脱缰绳，生出双翼，飞越长安的夜空。它们呼啸的声音格外悲凉，传说是因为当今皇帝久久遗忘了它们，自从他宠信贵妃以来，贵妃体态肥重，厌恶乘马。龙种们就遭到冷落。

老杜真切地听到过这种声音。他感到这种嘶鸣中除了渴望，还有一种特别的预感式的东西，似乎来自他自己的胸腔。确实，困居长安期间，预感越来越深。他常常在梦中看到黄河决口，昆仑从天上倾覆，天柱在震动后摧折了。黄河奔向长安。老杜对黄河怀有畏惧。他所立命的这片黄土，处于黄河的波涛下。他知道自己看见的这些影像，都从李白的诗中来，可是李白的诗又从哪里来？只有在飞翔中，能够超出这种预感，到达自由的境地。很久以前的一个夜晚，老杜与李白在一起。李白本人就如从昆仑之巅奔流而来，这样一种奔流把老杜完全迷住了。他追随李白，如同滚滚黄河里的一叶小舟，看来注定要奔流到海不复回。在兰陵一个酒醒的夜晚，老杜看到月光洒在李白身上。他忽然有了完全的孤独感。他明白，李白就是李白，整个天空都是他的，老杜不可能指望分享。身上沾满土气的老杜，无论如何得离开李白，脚踏实地走路。

但老杜仍渴望能有一次飞翔。后来他真的有了一次飞翔……

那时，老杜在陷落的长安城中。长安郊外的百姓拼命想进城，因为地方上已随战事拉锯和乱兵抢掠沦为赤地，农人倒毙在孕育丰收的土地上。长安城里的人又拼命想往外逃，因为长安成了一座萧条死亡之城。往日宽敞得可以种菜蔬的朱雀大道上，如今在瓦砾胡尘掩盖之下不时可见尸骨，骨殖上蜕去了往日的绫罗或布衣，平等地带着各种印记，男性是在头骨、肩胛骨和背骨上，女性则还在骨盆和耻骨处带有撕裂的痕迹。

路旁坊巷的住宅空了，瞪着烧黑的大眼睛，中了魔法似的站在那里。只有一队队胡兵驰过，带来唯一的生机。胡兵统治的日子里，荒草已在骸骨间长起，大自然的声音代替了语言，时间再不能倒转。

活着的人扶着墙行走，像半透明的影子从大街飘过。看不到婴儿出生，长安也断绝了未来的前程——这是影子之城，幽灵之城，如果老杜生活在一千年后，他一定能理解恩斯特的某种绘画，或者列宁格勒的围困："大雪纷纷扬扬，大雪掩盖了一切，生者和死者，胜利一方和失败一方，善良和邪恶……在飘飞的大雪中看不见未来。"

冬天渐渐来临，幸存的人们像越冬的植物从大雪底冒出来，老杜是其中一株。这株植物在思考，也许是惯于倾听风声的芦苇。飘飞的、六出七彩的、给灞桥增添了无限诗情的大雪是恶，像千树万树梨花盛开的大雪是恶，也可以说恶在处处盛开，这就是大多数人感觉的终端，也就是老杜思考的起点。大雪每天使更多影子死去，又将已死的影子更多地覆盖。

那一年城中雪厚三尺，只有在遥远的、令人畏惧的传说中，也许是完全不同的时代才有这样的大雪，这样的倒春寒，使人怀疑时代轮回了。洁白无瑕的罪恶，不需任何掩饰的罪恶在成倍滋长，压垮残余的栖身的住宅，让麻雀绝迹，使世界寸步难行，鲜血加倍触目又消失得更快，遗忘更为容易。老杜像别人一样，像雪孩子，住在透明的雪屋里，越来越纯洁，毫无隐瞒。

老杜记得很清楚，大雪是以一场大火开始的。所有人都亲身经历了那场大火，有人说这火并不是胡兵放的，是从天上坠落的。大火烧了三天；大雪持续了多久，没有人清楚，最后春天终于回来了，城中尸骨的痕迹也随着融化的春雪，消融得差不多。令人惊奇的是草木的疯长。草木可能吸足了雪水和尸骨的汁液，长得比人还要粗壮，占领了一切能生长的地方，荫蔽了屋顶，填塞了街道，甚至长齐了城墙，堵塞了城门，胡兵的火烧刀砍，怎么也消灭不尽这些草木，到后来草木完全统治了长安，大街上的奔驰不必说，连城门也没法巡查了，因为哨兵根本没有地方站，城头上的胡兵也看不清草木下面的情况。这样，城外和城内隔绝的禁令就无形中消除了。可是就在春天来临的这段日子里，老杜却再也不能像生活在大雪中那样纯洁，他心上也长了阴暗的草木。原因是老杜在这段日子里，险些吃了一个婴儿的肉。

由于占据长安的胡兵们要应付战事，没来得及掘地三尺搜刮，人们都得以和老鼠一道，在雪中、地下挖掘可能的食粮，这也就是城外那么向往城内的原因。雪下的寸粮固然不多，可城里的人本来很少，老杜是其中一个。他也学会了这种技能，在苏端和韦十六偶尔的周济之外，靠掘粮撑过整个冬天活了下来。

但随着春天来临，草木疯长，城外的人大量涌进来，城里这时已经找不到存粮，有的发了芽或暴露了，长安城里比粮多的是人，饥饿就像绿色一样蔓延开来。在这样的日子里，老杜觅食途中遇到了一家人，躲在蒿丛后面，围着一个早产失血的妇女，旁边还架着一口汤锅。老杜见他们的眼睛发红，像熬了好多不眠夜。他自己啃了长期的树皮草根，身体已渐渐透明，他的思考也快要停止，只剩下一个单纯的念头，寻找食物。

老杜懂一点医术，缓解了那个妇女的病情。这时候汤锅里冒出了香气，是肉食的香味，又有点特别，像是带着奶气的羔羊。当然老杜明白这时不可能有羊羔。

老杜想走，可那股香气使他稍微犹豫了一会儿。这家人邀请老杜一同就餐。当家男人打开锅盖，给各人盛了一碗带肉的汤，一家老小似乎犹豫了一下，那位母亲扭过了头去。其他人低头吃起来。老杜也伸出了筷子，去夹碗中的一块肉。这时他猛然发现，这块快要煮化的肉上，带着一只没有睁开的眼睛。

老杜猛然明白了那个早产儿的去向，他不见天日的生命成了自家人难得的肉食。婴儿的眼睛似乎睁开了，在碗中凝视着老杜。老杜惊惧地扔下筷子，逃离了那里。

老杜慌不择路，脑子里那只婴儿的眼睛一直半睁着，化成了前年他到奉先县探望家小、走进家门看到已经饿死的小儿子眼睛，也是这样半睁着不愿意闭上。当时他用颤抖的手抚摸阖上了那双无辜的眼睛，今天却险些对同一只眼睛下手。不知不觉来到一个地方，发现这是昔日的曲江。这里像城里一样草木疯长，柳林和蒲苇都出奇地碧绿，池水也绿得像宝石，像眼下只吃草根树皮、没吃过人的眼睛，叫人不忍心扔一块石头，溅一道波纹，破坏这美好的、也许永不复返的幻象。

老杜似乎走进了逝去的时代，这个时代的波纹昨天刚刚消逝，水面上留着散落的碎片，使他得以沉浸在怀念中。老杜在一种甜蜜的伤感中坐下，努力想把那些碎片编织成型，一圈圈扩散，到达岸边，鼓动心灵的堤岸。

这时他看见草丛中钻出一个人。老杜和他对视。这个人和老杜一样，披着近于树皮的衣服，头发长到胸前。只是他的树皮和老杜的不完全一样，上面依稀有锦绣的图案。这同样是一种旧日的波纹。忽然，他眼睛一亮："您不是老杜诗人吗？"

老杜已经很不熟悉自己的名字和诗人的称呼了。如果他现在还有称呼，应该是一个编号之类。但胡兵们又没来得及完成编号的程序。这个带来了以往世界称谓的人，他是谁？

“我是歧王的侄子啊！您记不得了吗？那年，我们见过的，就在这曲江，在船上！您做诗……”

老杜想起来那些游宴，说不清是哪一次，他对这个侄子实在没印象。在当时看来，他们都是披着浑浑噩噩锦绣的一丘之貉。使他惊奇的是，这个年轻人的眼睛是绿的，纯洁的童贞的绿，几乎含着泪光，而老杜自己的，几乎已变为血红了，像狼的。

“为什么没跟皇上走？”

“我不知道消息……听说皇上走得急，很多宗室子弟没有带。我遇到过一个，他给胡兵抓走，就活不成命了！我抹黑了脸，成天藏在瓦砾堆里。下了大雪。我在雪下找吃的。现在雪化了，草都长高了，没有粮食了，我就吃草。我像羊，像羊羔一样吃草。现在我的眼睛变绿了，我的身体里发了芽。我走不动了。也要变成我吃的草了。”他说这几句话，费了力气，越发使他虚弱。忽然，在老杜目前倒下。

老杜扶他，扶不起来。不料少年最后又睁开眼睛，望着老杜：“把我抛进湖里吧，系上一块石头。我知道您没有力气，不能把我埋得足够深，我怕被野狗或是人扒出来吃了。”

少年的眼神近似婴儿。老杜忽然感到，他说的那些人可能就是自己。确实，他刚才差点吃了婴儿，甚至可以说是自己的孩子。他和那些吃人者之间，只有近在咫尺的距离。而这个生长在朱门的纨袴少年，却完全没有沾染上吃人的嫌疑。这使杜甫第一次惭愧地想起自己的成名警句，当时目睹自己孩子的死亡，他奋笔写下的两句诗既可读作揭露：“吃人！社会在吃人！”也可读作呼吁：“救人！救救还没有吃过人的孩子！”

老杜忽然明白，他写那两句诗的时候，不应当只是激愤，当时的他并不理解这是预言：在大雪之后春天降临的日子里，在一个可耻的时代，人们相遇了，在这样的日子谁都可能会吃人，连同揭露和呼吁的诗人。只要心里存在着吃人的念头，人被看做两脚羊的末世就一定会到来。老杜像是那些异国的先知，看穿了这个伟大时代的命运。

从前，在战乱和大雪之前，看起来这时代是个有显赫光荣的时代，对诗人们来说，还算是黄金时代。现在，一切都明白了，诗人们的命运和预感也只有借此能解释，比如陈子昂和王昌龄。在这样的时代里，诗人何为？

诗人背负不了这样的罪恶，诗人应当果断地逃走！

老杜没再进城。他发现不光是长安，整个秦川大地上都疯长草木。老杜决定借机冒险。他开始昼伏夜行，模仿城狐社鼠，避于破庙荒草之中，穿过了很多道岗哨、封锁线和兵营。叛军人马横冲直撞，老杜几次差一点碰上马蹄。好在他总算摸出了五百里地，这时老杜的眼睛也完全成了绿色，他觉得自己很快将要和少年王孙一样倒下。加上这时已接近战线，胡兵为防百姓投靠官军，封锁格外严密，一旦发现，格杀勿论。老杜在草丛里伏了一天，像扁腹的蝗虫那样紧贴着草地。

晚上，胡兵在近处堆起篝火，架烤全羊和小牛。肉香持续浓烈地钻进老杜像虫子那样昂起的鼻孔。他想：现在倒是他们可以骄傲地说：我们从来没想过吃人！

老杜又听到阵阵马嘶，其中有一声让他心颤，他努力回想，似乎是在长安的夜里听到。胡兵们吃饱喝足，快活地跳起了胡旋舞，大呼小叫，气氛正在达到高潮。

有几个上了马，开始表演马背倒立、镫里藏身之类拿手戏，这是胡兵引以为骄傲的，官军中罕有人会这一套。老杜听到马蹄沉重地蹴地，马鼻喷着粗气。忽然一阵笑声夹着叱骂，接着是惊呼，一匹马趁着胡兵倒立，猛然来个后腿倒竖，胡兵直挺挺摔倒在地。它拖着缰绳，向老杜这边奔来。胡兵们大呼小叫地追赶。老杜惊怕，那马电一样杀来，就要踏上老杜，却陡然被一种强大的力量阻遏，马蹄蹬向空中，马身截然直立，显出剧烈而奇怪的痛苦。紧接着发出一声丝裂的哀鸣！

老杜一听这哀鸣完全明白了，这正是皇帝内厩的天马，落到了胡兵手里。

胡兵们大叫：“绊住了绊住了！”老杜才发现，马缰挂住了一棵树，马脖子几乎给扯断了。马头这时悲哀地垂了下来，一对大眼睛看着老杜，像是求援。老杜心里一酸，忽然得了启示。他冲出草丛，飞快地解开了马缰。他拍着马背，请求："马，带我走吧！"马儿善解人意，半蹲身子，让老杜轻松跨镫，幸亏早年在云雪冈打猎的老底还没丢光。追兵一看突生变故，更加紧赶来，一些人上马，另一些摸箭袋。但老杜已握紧缰绳，马不待催促，奋蹄驰骋！

老杜回头望着箭雨点样飞来，飞得奇怪地慢，又雨点一样落在半路上。追兵不断有人加入，成为一个庞大的马队，但显然没有哪一匹马能够赶上这匹神驹。

老杜感到马越跑越快，终于脱离土地飞了起来，它还原成一条龙，带着老杜超越围追堵截，远远甩开胡兵，越过战线，向着新的阵营飞翔。凤翔已遥遥在望了！

石壕吏

一大早，老杜踏上了征途。

从凤翔出发不远，就是低缓连绵的山岭，山岭上卧着朵朵白云，构成了对于老杜迷茫又不乏希望的远方。近处则田畴俨然，似乎还立着未刈的禾苗，几处窗棂灯光尚未灭。公鸡叫出最后的啼鸣："喔！"声音因霜而拉长了，更使老杜的路途充满霜露的气息。老杜背着沉沉的包裹，虽然没有像从长安出逃时那样骑着天马，但因为他这一次并不是出逃，而是探家，因此可以说，这仍是一个充满了秋天的希望的早晨。在长期的离别后，去收获重聚的果实，能不能这样说？

但老杜一旦走近了那些山岭，它们连绵低缓的面貌顿时改变，白云下面现出莫测的地貌，就在老杜的脚趾前出现了深谷，沟壑，在目光前方竖起高崖，在耳中依稀响起了虎狼的啼叫。再回头看，那些沉睡中将醒来的村庄也不见了，代以呆板的地平线和烽火。

聊可安慰的只有溪涧对岸山坡上有一些野果，都非常细小，被霜露弄得非常沉重湿漉，颜色也晦暗了。但在老杜看来，它们却是红的鲜艳如丹砂，黑的晶莹如点漆。老杜的肩上现在不是包裹而是幼小的孩子，她早就饥饿得只剩皮包骨头，牙齿在干瘪的腮帮包裹下尖锐锋利，忽然她在老杜的肩上咬了一口。这一口虽然软弱无力，却因牙齿的尖利使老杜铭心地痛楚，他因为疼痛而刷地想起在长安险些"吃人"的经历。老杜腾出手摘那些野果，它们鲜艳得和漆黑得让老杜拿不定主意：是否有毒？

它们是否有毒？是否有食物？大地是否结出粮食？也许只

剩下了人？这是旅行中永远的疑问。

那一天，老杜经过潼关。潼关里低外高，高得有一万仞，城墙像是铁制的。老杜和守关的新兵攀谈。“有多高？”“有一万仞。”“坚固吗？”“跟铁铸一样。”“防守严密吗？”“严密，一只鸟也休想飞过。”“不怕敌人奇袭吗？”“山头上也修了堡垒，埋伏了人。”“有信心吗？”“有信心，敌人就算是老鼠，也休想再钻进潼关。”“忘了哥舒翰吗？”“没忘。哪能。”“可别学哥舒翰啊！十万人，一朝化成鱼。要再记牢一分！”

经过新安的时候，老杜看见一队新兵，正在准备出发，在寒风里站成队列。这些新兵盔甲单薄，底下穿着自家的寒衣，有的厚，有的薄。有的与父母话别，泪水流在一处；有的却伶仃一人，沉默地等待，也没有泪。“你们这是到哪里？”“到河阳。”“河阳并不算太远啊！比起到山西，是幸运了。你家里没人送吗？”“家里没人了。”“你今年多大？”“十五岁。”“那怎么就来了呢？”“年龄够的不足数。”“子弟们啊！你们可曾听过《无衣》这首歌？这不是什么新歌，这是自古就在秦川流传的老歌。关中的士兵本来能忍耐苦战，上阵打头，那是像被驱的鸡犬，难有活命的道理。不患难与共怎么行啊！不要难过，李仆射向来爱护士兵，会把你们当做亲子弟的，没有亲人的也像回到了亲人的怀抱！”

这天夜里，老杜在石壕村投宿。半夜里，街上闹腾，石壕吏四处捉人。

“扑通”一声，一个人翻进老杜投宿的院里，又从后门跑掉了。老杜听见隔壁官吏打人、怒骂，老妇人在哭泣，原来跑掉的人是里正要送去当兵的老翁。

老妇人的哭泣尖锐悠长，如同歌声，穿越了广大的夜晚。再听，老妇人的三个儿子都先后戍边走了，媳妇也被征到军中服役。刚才逃走的老翁，是战败后从战场逃回的。歌声中，似乎看到这家人和平的历史：儿子、媳妇、小儿子、老年双亲，在有沟渠流水的田畴间劳动。老妇人比较心疼小儿子，怕他累坏了嫩身子骨，意思是喊大儿子多做点，可她不会在过门不久的媳妇面前明白表现的！歌声并没有打动官吏。最后老妇人说：“把我带走吧！我也是个人！连夜赶到河阳，我虽然老了，还可以做做饭！”老妇人被带走，院了就安静了。整个村庄像一口枯井里的安静。也许在这个世界上，除了老杜，没有剩下一个人。老杜情不自禁开始酝酿诗句。

也许，老杜本人只是一个垂老的士兵，从最远最久的前线陇头归来。陇头北面连着戈壁滩，“中华”到了这里就越出了边界，除了战争，每走一步都是致命的。南面有一带低山，这些山上没有草树，没有青皮，全是石头，从乱石间淌出流水，这些水就从巨大的石头内部流淌，流水声像石头一样沉重折磨，得名“呜咽水”。在呜咽水里不能洗手，因为那其实是石头，石头的锋刃刺伤了僵脆的皮肤。只能用来磨刀，磨得水发赤。

早上出发在陇头，夜晚睡下是在陇头，从蒙恬将军起，石头上刻了深深的字，没有人认识它们，因为水和石头的寒冷使舌倒卷，堵住喉咙，喉咙失了声。那遥望秦川的人，眼睛已枯干，下一个会不会轮到你？在夜里，老杜想：要赶快，赶快。这时，忽然敌人来袭营。人们从梦里惊醒，绕着营帐奔走，纷纷传说主将已死，快逃吧！老杜丢下兵器，拔腿就上山，翻过山就脱去战衣，他在广无人烟的世界里斗争，一心想逃出这个中了魔法的世界，在喉咙里呼吁：向着东南走，向着东南走！终于，走进村口，看见断墙残垣，一只狐狸“呼”地从井栏后窜出，吓了老杜一跳。他想找到自己的家门，却徒劳无功，因为村子完全变样了：就像一块田野，重新播种过，分出岔路，长满了艾蒿。老杜知道这里没有一个人。多少个陇头坚硬的夜晚，他梦中出现的景象成了空，已经没有了“家”。

有两处断墙头上还爬着未收割的蒲葵和南瓜，井口还淌着清凉的水。老杜生一堆火，采下蒲葵和南瓜，舀来井水，就着铁的头盔煮食了一顿。天黑了，老杜在不知谁家的一张床板上睡觉，说不定不是占了人，而是占了一只兔子的窝！听见狐狸叫，仿佛还看见狼的眼睛，但他睡得很沉，仿佛一片遗弃的森林临时的守护人。在战场上，一直放不下，现在回来了，已经没有家乡，没什么放不下的了。明天一早，老杜就要告别家乡，里正会来找他，要老杜再次报到，出发上前线！……或者，老杜是一个新婚的少女……刚刚被揭下了新婚的盖头，却面临离别：她的身份还未分明，嬗变还没有最后完成，她还是孩子吗？可是一切已经改变，她现在甚至成了征人的妻子；可是这转变多么仓促、不近人情，不完全啊！她的尴尬和痛苦哪样更深？她的痛苦又与幸福同时而来，没有留给幸福一点时间。就这样她处于漩涡的中心。难道她是无知无觉的植物，是附着蓬麻的菟丝，可以随意扯断？当她是鸡是狗，不会用言语表达悲哀？确实，她不能说话。她只有妻子的沉默，少女的沉默……目送丈夫远去，她的命运已注定！侍奉姑嫜，推动碌碡，等候他归来。等待一个渺茫，用等候最大的真实需要的忠实。用上真实所需的一生甚至几生的代价。

老杜只是一个旅行者。他走过了山梁又走下台地，走过干涸的沟壑，又走过田野平畴，追寻前人，寻找活路。

董卓进京后，王粲离开长安，这时他还不知道前路的方向。长安的城墙已经残破，十常侍、董卓、王允、郭汜，依次留下了手迹。王粲顺着大河走，想象有亲友相送：母亲流下悲哀的泪水，朋友们扯着他的袖子和裤腿不让走，送别成了马拉松，一程过了又一程，如果不是王粲担心老母亲，送别会比他的远行更漫长！眼下相送的是河水，河水不露痕迹，连川道也干干净净，不知道骨头去了哪里，直到走出川道面临平原，一激灵：平原成了白色的。不祥的预感带领他走进平原，发现白色是出于碾得过细的漂白了的骨头。遮住土壤层的白色有一寸厚。但是没有杀人者，连他们也随着人类消失得不知去向。

这一定是幻象，是完全违背故乡的一切生活经验的，尽管脚趾隔着布袜，时时感到那浮动的沙沫。只要出现荒原之外的任何事物，一丁点生灵，一小块声音的碎片，就一定能打破幻象，或许白色恐怖会遽然还原成千里绿野。出现吧！出现吧！忽然王粲面前真的出现了。

一个女人，抱着婴儿，站在白色荒原上。女人和婴儿笼罩着一层光芒，或许是阳光镶上的金边，由于与白色原野的对比更显出强烈，柔和而神圣，在王粲看来是虚幻的光芒，不是来自人世的，更不是源于荒原，而是“下来”，对，就是降临的圣母和圣婴。王粲禁不住要大声祈祷、赞美，赞美声已涌到喉头。他已经看到新的、全新的世界，连长安城墙上的残痕也消失了，他要为这大声赞美。这时他看到，圣母躬身，似乎是悲伤地看着孩子，松开了胳臂，终于轻轻把婴儿放在荒原上。王粲清晰地看到：圣母流下了眼泪。他很惊讶。同时，由于屈身，圣母周身的光环消失了，他发现她穿得破破烂烂，甚至形容枯槁。他还发现，圣婴的襁褓同样破弊，他孩子的脸竟然是清癯的，如同在各各他的十字架上。圣婴伸出小手，似乎恋恋不舍，但圣母终于任他落在荒原上，松软深厚的白骨间，婴儿在落地的瞬间“哇哇”大哭了，这使圣母全身一抖，又迅速抱起婴儿，但再过一会儿，她又决然地放下了圣婴，这时婴儿似乎睡着了，没有发出哭声。贫穷的母亲凝视了婴儿一刻，刻在心上的短暂时光，猝然转身离去。王粲看着她在弓着身，一步步抹着眼泪。他一直注视她在风沙中消失。她身上的光完全褪去，是一个普通的贫妇，每走一步，荒原上留下伤痛的足印。

王粲猝然惊醒，奔跑向被丢弃的圣婴，却只看到浮动的白骨。也许由于骨沙太柔软，婴儿已陷进沙中。王粲想把他刨出来。但没有伸手，只用脚拨了拨沙土，什么也没有。抬头再望母亲离去的方向，足迹也消失了。母与子的出现，似乎是完全的幻象，而荒原急速扩大，心灵已容纳不下。王粲感到喉头发紧，刚才的赞美声还停留在那儿，但它完全变质了，就像沙底下的婴儿噎得发不出的声音，终于冲口而出：“唳！——”

王粲被自己的声音吓了一跳：这不是驴叫吗？

是故乡最常见的那种悲哀的小动物，它的叫声总像在荒原上的荒凉。他从小听惯了这种叫声。他心底的荒凉吐出了一部分，又能够跋涉。但他知道，他的离乡背井已成永恒，他将永远走不出心中的荒原：“唳！——”

佳人

老杜来到秦州。

秦州的雪是枯燥的，最先是在山顶，一圈圈向山脚降临。雪给盆地带来湿气，使树林埋没在雾中。老杜一大早就上了山，在深秋的林中寻觅。厚厚的落叶中藏着橡栗，高高的树枝则可望不可即。老猴子往往掏空了果实，只留下空壳，果实的逝去令人怅然，空洞的山林引人深思。

老杜转过一道山坡，踏过洼地与坡地、湿雾迅即流逝的垭口。湿雾是雪的先兆。老杜想要就此倒下。然而前程还很长，老杜将从日走进夜，像一匹马。

秦州的夜是深的，最先是在谷底，向四周一点点升起，发散。谷底最浓，山顶最稀薄，最后的夜是在远山，在夜最深时透出一抹光亮。谷底的夜是深沉的水，底下鱼龙潜卧，传出不安宁的呼吸，使失眠的老杜沉思：夜有多少年了？秦时的明月，汉时的关。水涨落过几次，有多少鱼化为了龙，龙又为日夜吞噬？在潭面上的生活一潭死水，却被沉沉暗影威胁。

夜永不平静。山顶上的微光，似乎是远方火的闪光，夜半醒来者得着预示，无法入睡。即使在一个角落，一个暂被世界遗落之处，日和夜的交替，依旧带来讯息。在一个人的成长中，有忧心忡忡又充满魅惑的事物：无穷的大地翻茬，露出扭曲的土埂，播下饥饿和兵灾的种子，结局是旅行和死。

当雪覆满了谷底，山顶上的微光消逝了，林中再没有食物。老杜却还在林中寻觅，似乎他的寻觅永无休止，比猿猴更久远。直到遇见一位佳人。老杜穿过一片橡树林，在溪边发现她。溪边有几丛孤零零的竹子，她倚着翠竹站立，眺望什么地方。老杜为她这姿势心跳了，在这特异的地方出现，含着奇异的期待，心奇异地有一种碎的感觉。有一刻时间，他可能想到她是狐仙。

在幼年，狐仙是一个美好而复杂的名词。三角脸，青纱曳带，虚幻的步伐忽然现于灌木顶端。也许对一个砍柴人，在一段树干后忽然出现了，即使是队上的"笨人王老大"。狐仙青睐的从来是入林人，此外在哪里也见不着她。我们这些孩了都要进入深林！然而马上不再骗自己。她呢，会不会当老杜是从树林钻出来的猿猴？她似乎没有注意老杜，看到了他以后平静如常。老杜问："你为何在这里？"

就像我们问自己青春的爱人，为何在这样的荒原上现身？这样的问题不能解决，我们自由的过去就毫无意义。佳人衣衫单薄，身后的茅屋令我们感到是她唯一的倚靠，这样的倚靠并不能使人心安。然而爱人安静地靠着翠竹，保留着她旧日风格，带给我们和平的记忆，或者说是恩赐。她真是在眺望未来？原来，她是被丈夫遗弃了。

因为战乱躲进这深山。深山里没有突然的灾祸，什么也没有，她只有几颗珠子可以卖。关于未来，是想也不敢想的。倚着修竹，不是眺望未来。卖珠的使女回来了，扛着一小袋米。她告诉老杜，茅屋有一个洞，需要修补。不用进入黑暗的茅屋，就能洞悉寒碜的秘密，倾听穿堂的风声。老杜带头砍了不少蕨叶，像比我们大的手掌，盖好了那个洞。

她也许想留他吃饭。他一感到这种危险，就在第一刻告别，非常猝然！但当他回望暮色中稍微修好的茅屋，她还在屋前，不自觉地倚靠修竹，目送他。老杜就在这一刻有了久违的泪水，那不是悲伤，一定是欢乐吧！哦，这是爱人习惯了的一个姿势，比饥饿、战乱，比她的生存更长久！她为何出现在这里，这是老杜一开始的问题，可是能解答吗，在老杜已久久衰老的年月。他手上还有蕨叶的清香。这将是他记忆中的气味，使他不能再待在秦州，也许会染上忧郁的疯狂。

魂魄归来，我们的大地，是否平安？青枫林一片幽暗。枫叶絮絮，在很早就有孤独者诉说流放的梦。那是一片梦魂的树林，每片叶子都负载灵魂。瘴疠之气使人们消瘦，他们呼出的气息又化为瘴疠。在这样的土地上生活，是完全自由的囚徒，谁来代他们判断？

魂魄归来，江南是悲哀的！这是娥皇、女英的悲哀，湘竹上泪痕的遗留。明知悲哀的无力，却还要无力地悲哀。有悲哀的翅翼，魂魄无能远飞。你的来历蹊跷，你也不愿告诉同伴。但在无人知觉的起初，魅魑早已探听清楚一切，它们窥伺在你逃亡的山坡，当你飞得疲累，落下歇脚，就要抓现行，宣布你的罪过，打入地狱，在那里灵魂落入永久的黑暗。

你不愿告别同伴，还是悄悄出发了。也许你在这国土没有同伴，因为你——诗人，是新来者。因为罪人和叛徒中间没有友谊。人人背负自己的罪过，谁能为他分担？过错也就是冤屈，就是水或水银。你水银的翅膀，能飞过茫茫的大江？天地涨水了，鱼鳖为人所得，蛟龙也失去自由。只有远方的我在思念你，那当初崇拜你的依旧是崇拜者，仇敌仍是仇敌。大地上是黑暗的，矗立崇山峻岭。往日熟悉的道路变成陌生。特别是像“商”字一样的山。夜空中雨云低飐，你的翅翼湿了，梦被扯碎。坠落在洼地，沾一身泥水。你怎样辨别方向？一定不能走向陷阱，陷入泥潭，在悬崖失足……从履历看，你容易犯这样的错误。从我们一别，过了太长岁月，梁宋大地像一场梦。今天的相逢，也该以梦为开端。我怎样许愿？算它是梦，非梦？就是在秦州的夜半，我听见叩门。我虽然枯朽了，却像那个处女，已脱鞋子，又穿，洗了脚，又玷污，像新婚或离别之夜。我来开门，见你在门外，像那新郎为夜露沾湿，头发爬满小蜘蛛，一株植物堵住我的门户。因为你渡过风波，从舟中落水。在梦里，你是唯一没有翅膀的！

李白，这是你的生魂呢，还是幽魂？如果是生魂，在秦州唯一的油灯下，对我诉说逃亡的惊慌，浔阳牢狱的恐惧，那地方一定靠近江岸，多有苦竹芦苇，枫叶和灰色的细碎荻花，和污泥中发出的琵琶声，装饰了你的铁质窗格。卑湿的感觉属于地下室，一只甲虫在爬行，“叛逆”不过是它痛苦的角质壳，却被当做峥嵘的头角。你的这些事情真相难明，流言疯走，你需要人们，人们自己，需要怎样判断？我又怎样作出结论？不论怎样其实是开始。

如果是幽魂，“请你在月光中，你最喜爱的月光，适于你的灵魂，讲那些幽魂国度的黑暗吧。”

但李白没有说这些，他沉浸在失败感中。“我来一趟不容易。”搔搔头，简单地说：“事与愿违。”老杜知道自己无法安慰，只是讪讪说：“长安恢复以后，冠盖又聚集如亭亭的浮云，只是不见你的身影。”老杜想我为什么说这些，但是不管不顾地说：“其实多年前你已憔悴。只是你自己不知觉，你是那样孜孜不倦。他们见你那样不肯放弃，竟然起了杀心。上天也知道你的才华，上天却不怜惜。你就要衰老不堪，仍旧不免牢狱。大鹏的翅膀折断了，九万里的空虚征途走完了。你的名声一定会流传万世，但那光荣的证词，不属于在世的你、在世的审判。我不知道你这是仅属一人的幸福，还是重大的不幸。”

终于说完了，听者更加不解，倾诉的嘴也就干枯成皮。天，老杜想，这个夜晚为的是什么？他只能给远来的他这种东西？这算是安慰还是相反。“但我是你的！也许你并不重视，但我渴望忠于你的命运！”

不是在不久之前，老杜还终于能够骄傲地想，他不再是梁宋漫游中的那个崇拜者，有了自己的一套吗？他又为什么说这些，有什么好处吗？但是老杜要说的。抬头那东方将明，诗人的魂魄不能久待。老杜醒来时茅屋门户依旧虚掩，清风透入。这时江南的枫林，怕已由黑转青，涌动的潮水已平静。大地上像未有过什么事，也许从来就没有一件事。

卫八

原野浓浓地下着秋雨，走一步提一脚泥。黄昏，老杜全家走近一个村。

这个村面前是麦田，有青黑的石板，一直通到各家院中。跋涉了一天的老杜一家又饥又饿。春雨很凉，禾苗受用，包裹却全淋湿了。

村里似乎没有人，只有个把光腿肚子的儿童在阶檐下，好奇地望。但家家瓦屋顶升起炊烟，炊烟在雨里青得虚幻，爬得特别低缓。瓦都是半新的，添了一些富足之气。老杜心宽地舒一口气，但马上又沉甸甸的。他走进一家院子，站在满是泥巴的院地。“能投宿吗？我们会给钱的，我们很规矩。”一个农民满手是泥巴或包谷浆，应该是刚从磨房里出来，无措地说屋窄，没法。

老杜走进另一家。一样。老杜分析是兵灾后，人们受了惊怕，不像过去那样纯朴好客了。他们已几次遇到这种事。接下来只好到破庙或者废弃的破屋里过夜。但是这个村又很小，看来是不可能有什么庙之类。老杜有点后悔了，可恶的理智开始作用。如果今天不忙着动身，在县里多待一天，天晴了走也是好的。动身了就动了，其实今天本来也能走到大镇子，都是小孩子走不动，无端多歇了几气，路又是一脚水一脚泥。

老杜这样想的时候，最小的孩子就哭了，老杜的妻子连忙哄他，却为放不下手里的包裹两难，哄就带有了某种威胁：“再哭！打！”小孩子不怕，他索性哭得努力。他腿里灌了很多铅，眼泪水包了一天，有一点高低想不通：在那个县城待着，好好地住在官家宿舍里，有人送饭送肉，父亲只不过要去赴赴宴会，作作诗，为什么他就不干了，急于离开。听父亲说，路的前方，并不是没有前途，而是通到一个朋友，这个朋友很好，官不小又不摆架子，到那里就好了。可是这个朋友离得多远啦，走了这么久，才像走了一小段儿！他开始怀疑：这个朋友也许就是父亲讲过的曹操的那片梅林。

老杜在心里叹一口气，就去试第三家。这是村靠边的一家了。是老杜最后的希望。老杜发现自己像十三四岁接受任务时一样内怯。老杜没想到，出来的是卫八！卫家老八看着老杜发愣。愣了几秒，卫八就下院地来了，他的脚步很快。这时老杜一直望着他。走近了，卫八就说："杜甫老哥！"老杜就说："卫家老弟！"两个人就紧紧拉住了对方袖子。这时，老杜就把投宿的事忘了。两人已在堂屋坐下。口有点难开。卫八就大声喊儿子泡茶。又面面相对。卫八忽然脸上现出喜色："老杜哥，听说你出大名了！"这话一冒出来，他自己尴尬了，手握在膝上搁着，有搓的意思。老杜连忙说："惭愧惭愧！"卫八放开了手说："老哥你怎么会经过这穷村？"老杜于是猛然想起妻子儿女还在外边雨中，他们不知道他遇见了卫八。

卫八原来有了三个儿子。真是时光易逝！老杜和卫八上次相见，都还是少年，谈起异性，还带有天大的神秘。这时卫八说："都儿女成行了啊！"老杜说是啊是啊！卫八叫儿子们集体上前拜见父亲的老朋友。三个儿子依次见过了老杜和老杜夫人，礼数都很过得去。其中老大就问："大叔你来自何方？到哪里去？"老杜就告诉他们原委。卫八连连点头："原来您当了官！见了天子。没错，那时就看你最有前程！又遭了灾！好的好的，谁不遭灾呢！现在要去成都！有朋友！成都是个好地方！虽说远了些。今天一定累坏了，饿了。他媳妇，把昨天磨的新小米蒸好，招待老杜哥！呵，没啥子小菜？……嗯，我到园里割些韭菜，炒鸡蛋！”

这时天已黑，路也滑，老杜很感动。到底是谁剪的韭菜呢，后人有所争论。不过这些争论像每年一届的大专辩论会，很不必要。我想，老杜和卫八是一块儿去的。

外面依旧下着春雨。潮润的春夜，利于万物生长，来日里一切都会更旺盛。韭菜在这种季节里，是一天一茬。卫八走进菜园，躬下身子。老杜扶着菜园篱笆。老杜似乎听见卫八“霍”地轻轻割断韭菜，顿时清香在雨中传递、弥漫……“老弟，你这园子好呀！你怎么找到这么个好地方的？”杜甫问。“逃难呗！……兵灾一起，就逃，好几年，总算在这里安下身。”卫八没有直腰，他的声音如春雨一样，有些沙哑，有些湿润，不知道有多近，有多远？老杜想：老杜，你不如卫八。你没有安下身哪。油然想起当年。

当年，卫八放一群牛，老杜隔三岔五就上一次牛背，上去时要卫八喝住那牛卧身，又牵着牛绳缓缓走，像细心的爷爷照顾小孙子。卫八本人喜欢在村头一堆土上打些小窑子，仿照大人调土烧窑，捏制陶器。他把罐子捏得像壮汉，老杜和卫八都不是壮汉，卫八瘦小得过分。瓶子他捏得像美女，卫八和老杜心目中的美女。老杜有时也参与，却连皮毛也摸不到。小杜想：是不是仙女们和卫八有种秘密的约定。她们看上了卫八什么？这使小杜失落很长时间。老杜忽然问："你现在还喜欢烧窑吗？"一出口，自己觉得奇怪，有些窘似的。卫八默了一下，园中安静得没有人，只有夜本身。"不烧啦。前几年我还真烧了一阵。"他的语气欢快了。"我们来的时候，这地方都是石板房。我烧瓦给人盖房子，就靠这手艺扎了根。这里的房子都翻了新，成了瓦屋，我就没事干了。要不明天，我们去看看那孔窑？"

韭菜上露珠滚落，茬口太新鲜，这样的夜让靠着篱笆的老杜头有些发晕。要是他当年没去洛阳和长安！要是他也能有一块园子，在无边的春夜里，自己弓身割疯长的韭菜，而手心湿润地扶着篱笆的是卫八！晕了，真是晕了。为什么会有这样的念头？突如其来，也许有些疯狂，是湿润的春夜引人疯癫？老杜你要警惕啊。

卫八关上了因为湿而沉重的园门，没发出一点声音。两个人在黑暗中前行，走在潮润的小径上，这一刻离得非常近。老杜手撑着的油纸伞遮住两个人，把细雨遮在两人小世界之外。虽说这几乎不必要，却不会有任何疑问。要说没有说的话，就像太浓的雨云。在卫八手上韭菜的浓烈香味中，他们依旧感到了各自的体气和温度，就像那些养老院里的老人。但老杜觉得自己的沉默，也许一部分因为刚才突如其来的念头，对美好的沉默，他心有负疚……回到家里，鸡还没有杀。大儿媳妇说，鸡鬼得狠，躲到鸡窝最里边，逮不着。卫八说你不会点上灯好好捉？媳妇说怕鸡都高声叫唤，扰了四邻。老杜说算了算了，家常便饭最好。卫八低声说，我们总要喝点酒。老杜觉得他说话调子像受了委屈，竟想安慰他。老杜的小儿子很失望。但这样也使饭做好的速度快了一些。菜端上来，小儿子发现替代鸡的有韭菜炒鸡蛋，也就不再怎么失望。别人都吃完了，卫八却取下墙上的酒壶。他说，就是今夜没有菜，只有韭菜下酒，也得喝。卫八不常说话，开口就像下命令。

老杜就和他喝。卫八跟老杜喝了一杯又一杯，老杜料不到他这么能喝。媳妇还是炒了一盘家常豆腐来。卫八不怎么动那盘豆腐，他只逼老杜多吃。卫八的脸太红了，老杜有些担心，可他自己也晕乎乎，努力控制着不过分，耽误了明天上路。明天是一定要上路的。卫八说："我只有拿韭菜来招待你。"老杜说："有啥呢！春天的韭菜是美味。我好久没吃到这样新鲜的韭菜了，好像今天才知道韭菜是美味！""那你多喝点。""好，我就多喝点。可是你别喝得过量了。"老杜又喝了十来杯。原野上，秋雨绵绵下，也许只有这一点灯光了。夜已很深，但夜还很漫长、漫长。卫八说出了老杜担心的话："多玩两天啦。"他像是顺口就说了一句毫无疑义的话。

老杜同样顺口地说：“不了，我们得及早赶到凤州啊。”卫八不说什么了，也不喝酒。老杜觉出屋中的沉默，只有油灯光在跳，“滋滋”地吸收油烟。灯焰也将烧尽了。老杜忽然有了诗兴，默默吟哦。也怪，高兴时他总是一句诗也没有，总像牛那样，在寂寞的角落反刍！

第二天上午，老杜全家上路了。雨果然还在下，但也不大，是可以赶路的天。卫八的儿子、媳妇都来相送。卫八和老杜一起走到村的头，老杜把那首写好的诗交给他。“别的没有，做个纪念。”因为卫八不认识什么字，老杜为他念了一遍，又解释这是写什么，那是什么。

解释着，老杜又回到黑夜的菜园，领会韭菜的香味……

草堂

顺着秦岭川道走，走也走不完，有些景象难忘。由关中平原出发，从北坡登上山顶，你想不到秦岭南坡会这样平缓广袤，多土少树木。漫长的田畴，几乎没有一滴水，高粱叶子在枯燥的风中被揉碎。然而有牛和村庄，牛在田野上出现的那刻，是必然的，却神奇。村庄里如果有故事，那是关于你和一件红衣服，井水……但是怎样能在这里停留？

在雪夜里，奔驰的铁轮，车厢里昏暗的安静，素不相识的姐妹们都睡着了，有个把强撑着看书，显出温柔的容颜，亲切而不能靠近。凑近铁窗的缝隙，往下看到地上的反光，在枯草和夜霜上一闪而过，毫不粘连。枯草和雪粉起了小的飞扬，发展为激烈，蕨叶奔向黑暗里遥远的夜空。在黑暗里，什么感觉最强烈，能够确切吗？猛然想到，这是一瞬，因不可复返而神奇，使人顿生惆怅。山风呼呼吹过岩壁，一些地方，比如麦积山，有巨大的石窟现形。浑圆的雕像，庞大的沉默面对川道行人。因为雕塑异常光润，完全脱离了石头的质地，出现在这石和土之地包含惊心。这使老杜猛地灵醒：自家正在一步步离开秦川。似有湿润的气息自南方传来，使人不习惯。南方的春景固然好，因为总在暖冬后，有些平淡，不如北地的寒冬后春阳暴暖那样强烈地喜悦！土地望过去是低洼的，浓淡相间的，不像秦川或河南的土地，千里一成不变裸露在严寒和骄阳下，翻起的土垄含有强烈的情感。路还很长，蜀道竖起来，通上青天。使朱颜凋丧，可能一生的时光穷尽。

老杜他们走到凤州南边，走入一个大山口，算是真正踏上了“蜀道”。开始在地面走，不到半天路消失了。脚底是深渊的利刃；头顶是狭窄的青天，越走越无穷，断绝了人的美好憧憬。人在往石头里走，深入，缄口的岩壁，就算有人一脚踩空，向深渊坠落，在生死攸关的时刻，岩壁也不会震惊，发出回响，而生者也将惊呼压在心底……为了不破坏自从地崩山摧壮士死以来绵亘的寂静，饶舌的孩子也学会了沉默。

蜀道之南，在晴朗、迷茫的草堂春日里，偶尔有迷离的消息传来，说洛阳又收复了，相州重新攻下，等等。老杜觉得这些消息离他太远，有他走过的蜀道十倍远。可又太近，近得心怦怦跳，像在受刑。什么时候能真正平静？比如收河北消息传来那天，老杜就疯疯癫癫地在江边喝了一满葫芦酒，又把葫芦扔进水里，葫芦顺着江水漂，老杜随着它漂，漂到了——是去洛阳还是长安？这个问题有些犯难。老杜决定，先到洛阳，以后要去长安。葫芦不是庄周那个可以住在里面浮于四海的“匏”，它也许漂出不远就沉了。妻子责怪老杜，老杜回头来找的时候，怎么也找不到了。

雨夜令人愉快。北方没有这样的雨，连江南也没有，这是蜀中的雨，下得天昏地黑，天黑成了锅底，土胀成了水豆腐，却还隐约看出野外的道路和道路上空积雨的黑云，急速奔向远方。踏上潮乎乎的路出发，闪电指示远方，一定能见到从没见过的事物！ 借着灯光，可以望见江上的船，这就是“渔火”，照亮了梦中江面。当梦幻还没有牺牲，这点亮光就不会消失，幻想江水涨得越高，就越平安。早上，这一切都逝去了。起床只见昨夜残留的痕迹，掐一朵花，异常地重。

城郭重了！邻居黄四娘家，沉重的鲜花满蹊低垂。整个世界的变化，就是这样微妙吗。在湿润的路上走，像是走在家乡小镇。这感觉莫名其妙，但是很清晰的。黄四娘为什么要种这许多花？她也有一个爱花的女儿吧？在粪水、泥土、耙耧之外，又有这些水洗的花。在不起眼的篱笆上生长，大朵攒聚，雨过后类似黑红。整体看来规模不大，就那么一小团儿，却能隐喻全部家国之思，想来不可思议。

江水的隐喻就容易得多。江水涨得很高，秋水和清空，由秋而起的远行之思。为什么要执著，斤斤计较，这样的小小安适之地并非安居。还有许多记忆的闪回，很多未成形的想象，就是这样，在时空中来去，片刻的自由。

老朋友走了，草堂的日子不久了。要走了，才知道草堂的往昔多美好。像一代人对于白桦林的回忆，白桦林顶上的蓝天，林中飘满落叶。可并不一定因为风。白桦林旁的小屋，消失了的足迹将化为歌曲。老杜对着一湾潭水发愣，那湾潭水清明见底，又像是完全不流动的。就像流动的岁月。

当妻子的米勺在缸底刮出声响，老杜的脑中涌起烟雾。就像他在长安偶然看到王宰的一幅山水画。江上和山上的烟雾奇妙，一下就遮住了、掩护了远行的道路。远方叠叠青山，朦胧舒缓，近处的山崖却庞大陡直，寸寸显出嶙峋，溪桥覆满黄叶，村庄可亲如故却不可久居。马打着响鼻，林间穿行，水边歇息。必然有大江，有孤舟，陆路的尽头接着水路，床榻顺水而流，也可以说团团打转，因为方向未定好。

老杜走之前在黄四娘家的花蹊上坐了个把时辰，酷似拈花嗅蕊之人。这雅号本来是一个同僚赠给丞相李适之的，他从得到绰号以后就倒霉了。鲜花上蜜蜂飞舞，隐约唱着永恒恋歌。仿佛蜜蜂绕着“8”字，老杜的思路绕着大弯，还是决定照他在长江边经常想到的，顺江东下。

秋兴

秋水清澈却深不见底，万条松针布满水中。

窗外，似乎仍是西岭顽固的积雪，雪化了江水涨起，在晴朗日子里，门外泊好远下东吴的船。晴空看上去包容万里，新翻的庄稼土地，新筑的巢，蒸腾着青烟。

从哪处角落里能够生出怀疑，说：人生已到暮年？自从骑天马逃出长安，生命就充满了险峻的道路、松林、绿苔，高山奔下的雪水和泥土。夔州的泥土是红褐色，结出的稻麦也少了金黄、枯燥。收获季节，秦川整个是一大块金子，发出有声的反光，让人想到秦腔。秦腔迸响出来了，从麦客的喉咙。麦客头枕镰刀出发，镰刀如骏马，压抑了一冬，渴盼在庄稼地奔驰。伛腰的麦客在镰刀上一步步前进，在金子上留下一寸寸刻痕，直到金色由东方直到极西渐次销磨。

也有梦想中的机械，联合收割机，纵横广大的麦海，从华北经过河南直到淮北。那是和“袁隆平”相联的新时代农民，他根本不满足于“万元户”阶段的规模。

在夔州，老杜经常戴着蓑帽，从廨舍穿过浓绿的竹林去“巡视”。这些旺盛的稻麦，在现在这个时期，可以看成是老杜自家的。在麦田里躺着，非常安闲自在。久而久之，阳光下留下躺倒的印痕，再来时陌生，自觉是神秘的外界的生命光临过。还有一片果园。秋天到了。现在是到了走进果园或蔷薇园收获的时刻吗？ 这世界是在日中，还是夜半？老杜时常要去参加都督府的聚会。

这个都督府是去年才建立的，柏茂琳都督之前跟崔旰等人打了不少的仗，当时老杜在梓州，眼看城东民房渐渐烧成白地，他有经验，连忙逃出围城，沿路又目睹了不少水沟里的白骨。等柏都督坐稳了都督，这些尸骨早已腐烂，大部分化为泥土，小部分随风飘散，老杜也就没向柏都督披露。老杜没有提出建议的原因还有：他只管作诗，不是像与老朋友那样唱和赠答，而是在宴会上做，替宾客也替自己答谢主人，赞美宴会的盛大，歌颂东道主的品德和富有，替百姓赞扬美好的统治。此外，还代柏都督向上峰表示感谢，又向百姓发公告，说：“我是很爱你们的。”老杜这些诗不是吟的，他只在纸上写出来，自有人抄录、宣扬，但也不必担心过了有效期还会流传，影响老杜的名声。

在宴会的当中老杜往往神思回到了长安。那时，他的嘴还未变成鳃，他还即席吟诗，尽量作得奇妙，朗诵得有感情，又洪亮，引起满堂的赞誉。现在他像个老混混，不在乎。

老杜和渐渐成长的老病作斗争。这是为了旅行的需要。否则老杜会一样对病情不在乎。他暂时得闲，除了去果园或菜地，常做的事仍是登临和眺望。除了柏都督参与的，老杜还望见了许多次战争：在陇西、河北、淮西，战争看来像旅行，一旦开头，没有止息。

岑参、王之涣早已从玉门关归来，春风不必再怨恨杨柳，铁衣和破败的棉絮一起归于风化，可围困跟着他们回来，风沙和铁锈的气息甚至传到长安，不再只是春闺梦中之物。历代的坟墓在醒来，述说自己的历史：火焚，坑埋，围困。这在当年的慈恩寺塔上已隐约望见，但望见了未来的老杜现在不是先知，而是赞美者：

柏茂琳都督，您的家族是南方的三星，光辉绵延不绝；您本人坐镇川东，抚慰百姓，给一方带来和平，您是那祸乱中的中流砥柱，好比昆仑的柱子或是人体的大腿（股肱）。你的品德温文尔雅，对于诗人更是保护有加，赐给他宿舍、果园以及俸禄，您大可以说是诗人的保护神，第二个尼禄。

这是一个愤怒的秋天！果园里没有葡萄。在静坐中没有关于死亡、和平和迁徙的领悟，就像在荒凉的围城中。在刚刚摘下苹果的那一晚，老杜来到园中，像一个看护着果园或夜晚的人，坐在采摘过的苹果树下。枝梢上还弥漫着依稀的芳香，唤起人对昨天的怀念，又勾引关于明春的希望。老杜仿佛一个坐在故园的老兵，细微地体味到一起物象，枯燥的菟丝，树枝上黯淡的霉斑，树皮下越隐藏越深的青润，蝴蝶在泥上留下旋转的灰痕。随着夜更深，这些物象又消逝了，蓝色的星光笼罩果园，融融一片。忽然，出现了萤火虫。萤火虫四下飞舞，寻找食物，但看来是漫无目的地，寻找一种不可能之物。怀抱不可能之物的寻找者，只是消逝的游魂。

像从墓中出来到长安市游玩的紫玉，怀着自己不清楚的爱情，在人群中寻找韩重。从夕阳到灯火阑珊，看过了多少千人一面。人人都与我相似，因此不知我是谁，就没有人能够相爱。滚烫的心被夜露浇湿，还有多少时间和心气可以游荡，几种机缘未曾经历生灭？

让爱人和我一同进入坟墓，这是一座梦的坟墓，制造梦又埋葬梦。爱人看见了我的白骨，我知道梦已结束。他将带着这梦幻唯一的见证，又差点成为他的罪证，一个紫玉镯子，继续他落第后的漂泊人生。不知他是否会因这不可能的信物，唤起某几颗心灵中的温情，弥补落第人生中的孤独？

这是长安古意中的一部分。如果人们不在城中死去，就要常常回忆，在每日的茶匙和饭勺之间，在收音机和寂寞、忠实的时钟之间，在朝笏和头巾之间，尽管这样也可能免不了死去。

大慈恩寺塔依旧静立，不许游人攀登。地下防空洞里依旧在演出“牛头马面”、“恐怖大全”、“浸泡的三只手”之类节目。无边的树叶，在萧萧落下，长江裹挟落叶而去，仿佛携带无数孤舟。

沿狭仄小径攀登，来到高楼之顶，于是处于绝境。何时生活来到这样的险地？

记忆中有细小的花瓣，安于寂寞的岩石。大病的阴影还在心头，眼前的瘴疠又使人忧愁。瘴疠遮住了秋天的远景，凸出近处仄危的峡口，湍急的江流，一夜之间裹胁人千里而去，显出老杜孤身所在的，是只有一条仄径可通的绝境。为什么要离开果园、稻田，来到绝境？

如果不是那场大病，生活是否可能不同。据说，工部正在等待老杜上任，还可以立朝言事，所管的也不是烦人而无意义的薄书之类。故人们都回到朝廷，岑参、张镐、汉中王，都得到升迁，一时仿佛要回到兵灾前的日子，诗人们重开聚会，长安大道上又拴着马，垂着柳，漾着酒意和诗句。

但就在卧病的日子里，也许是因卧病的日子太漫长，在歌功颂德的日子里，人们又死的死，贬的贬。老杜仿佛终结者。

夜半，老杜来到滟滪堆前。

在夜里，江水显出湍急。滟滪堆的轮廓扩大了，黑乎乎地堵住整个归乡之路。可以想见：江流向岩石下方冲刺，勾出令人惊心的旋涡。滟滪堆在人心中成长，再没有安宁的一刻。就像那些漂泊的小商贾，他们不由自主来到这里，面对滟滪堆，任岩石坚硬锋利的轮廓撞击。称斤算两的日子霎时失去意义，浸泡在归乡的大欢喜和大悲哀中，生活拥有了一刻的自由，也许可以说：自己是世上最末的商贩，最后一个离乡者。

在夜里，面对滟滪堆，也可以说自己，是世上最后一个回忆者，最末的诗人。

李龟年

假如胸腔里生长的植物堵住了喉咙，嗓子喑哑无声，粗大的植物，绝望的街市，望不到尽头的灰漠，粗大的路灯杆，厚重的墙，无人的办公室和网络，这时就写下遥远的词语：潇湘。

在没有人认识我的世界，还有那里可能辨识我，这样就无需相识。山重水复，千里迢迢的出门是幸运的！你昨日的生活是什么？那些最亲近的人也铁石心肠地固执。除此就是陌生人和点头之交，有什么希望？你是晦暗的、蜷缩的野兽，你是咯血的心脏，一团血淋淋的、市场上出卖的暗红糊腻的小团，玷污了手指，称出了斤两。

如果世界外有另外的世界，那是一个清晨的世界，贾谊面对鹏鸟，暗淡的水，黄昏久远。如果还有清明的梦，在童年小城的那端，生活又值得活下去，烈火的燃烧，头发的枯焦，脏器的腐坏，还没有在烧尽之前到来。在一天仍旧能起步，从安详的、长满了茅草的山坡上，还生长着蒲公英、雏菊和小灰叶。周围是树林，无人来看你。后来到了深谷有别一样的消息接引，你已经得到不寻常的身份，不是昨天的袁凌了。

这是有理的，证言是潇湘的梦，你从未在黄昏粗心遗落过，你的荠菜的苦味难以品尝，还有了毒。那么，在清晨，怀着毒性，去潇湘又怎么可能？

这是无限的缥缈，如层层山巅上飘着的云，含着大片的水。你的信心何在，凭证在哪里？你得到的信心不过是一些幽深的往日场景，它们就像这个世界为你布置的，那是因为你在那里碰不到别人。如果去到潇湘，会得到原谅，有秘密的温情吗？

去到那些枫林遮护的深深湖口，顺流而逝。就像孟浩然那次从黄鹤楼回家，绕道汨罗。孟浩然登上一处江岸，在山口的桃林下站立。这是一片青润的草地。空清的水中有五色和无色的石子，沙细如星。青色的远方像是无法到达的绝境。水依旧清甜，看不出有什么自沉的波纹，沉静得没有过去。但是可以飞翔！越过明暗的交界，飞向青枫林，幻化为青。

不同于归乡路上，在夜晚，在网络之站点上，租屋之内，有何凭信？但是焦虑的过程会有终结，现在想来是死亡，唯一能够带来震惊的宁静。使我回到青色的寂静的故乡！

李白那次夜间由秦州南归，关于他的音讯生出许多传说。譬如说一天，君山是红的，江水是青绿的，江水渐渐醉坏了秋山，随处掬酒可饮，就有了另一个世界，另一个月。从白帝城的早晨，彩云缭绕中来到这里，也像不过一天时间，而灵魂已在孤寂中沉醉。后来据说诗人逐月而去。人们在小船上的欢闹中突然丢失了他，江底只有满月，才想起很久很久没见到他了，他是那样的默默无闻！李白可能正在穿行大片水域，就像在一种电影里，长出了鳃，未来水世界里的自由，虽然遇见蛟、鲲，他始终踏着月亮而行，完成定约。

在潇湘的一天晚上，老杜做了一个骑马的梦。那天白天，老杜从李龟年那里，得到了当年带他逃出长安的天马的消息。老杜是在卫伯玉都督家的宴会上碰到李龟年的。老杜进去时，李龟年在吹笛，这笛声非常像李白在春夜的洛阳听到的，老杜一听就回到战前的年代。接下来两人就互相看见了，互相吃惊：当年在爱好音乐的歧王的家宴上是经常一起喝酒的，那种场合李龟年难得吹一次笛子，除非歧王本人强求。可是在崔九家那间很安静很宽敞的厅里，李龟年倒是会不请自来。当时李龟年如日中天，是梨园子弟的师傅，也是皇帝的“前头人”，而老杜当时还只是个有前途的文学青年，因此现在，老杜认出李龟年比李龟年认出老杜更早。不过李龟年一认出老杜就更亲热，亲热得让老杜感动。

李龟年说，战乱开始后，他没有留在长安或洛阳，南下到了襄阳，算是把昨日抛在了脑后，从此一直流浪，有时教几个弟子度日，倒是比在长安多了几分自由。老杜这时想起在夔州时，那 天上街，见街头 些人围 个圈， 边喊 两声好。老杜因为无聊（以前，除非是童年，他是不凑这种热闹的）过去看看，原来一个三十来岁的女子在舞剑器浑脱。她的剑器舞招式利落，大有名家之风，让老杜吃惊。她舞完了来收钱，众人马上散了，有几个人零零碎碎丢了几个小钱。老杜似乎听到她发出叹息。

老杜丢了两个小钱之外，乘机跟她聊聊，一边问她的师承，竟然就是当年宜春院里剑器舞第一人的公孙大娘。这公孙大娘，老杜第一次亲眼看她舞剑器是在河南，当时她还是个大姑娘，跟着父亲走江湖，还没有像后来大红大紫。公孙大姑娘提着一柄剑（真正的剑，可又有人说她其实是空着手，只作姿势），柳眉轻扬，杏眼一瞥，说声“各位父老包涵，献丑了”，就舞将起来。时而银剑刺天，真像是女后羿射九日一举落地；时而人剑一体，满场飞翔，那手臂不如说是翅膀，圆溜溜的腰身却像蛟龙游动。老杜刚刚学了《洛神赋》，这下对“翩若惊鸿，矫若游龙”的辩证描述有了理解，明天背诵不成问题了。说到剑，初亮那一刹，是电光一闪，观众的瞳仁都给照得生疼，心却一寒，遭了冰雪的洗礼；收势是紧接着高潮，天地正在为之摇动，似乎激昂得变态了，剑却忽然沉静收回，激荡的江海在傍晚，在激动了一整天之后收敛了，悲喜都从此深埋……那时的公孙大娘，是人见人爱又令人崇拜，远胜先代的佳人！收了剑，她端着一顶不大的帽子收钱，只听见满场银钱声哗啦哗啦像下雨。公孙大姑娘就要来到面前，老杜心里万分紧张。

他害怕她注意到他，又更怕她忽视了他，并不向他伸出帽子，在她眼里他可能太小、太不起眼了！

结果不用担心，公孙大姑娘亲切地向少年杜甫伸出帽子，完全像是伸给那些人一样，杜甫这时一点都不紧张了，感激又轻松地丢下了汗津津的两个母亲给他买砚台的铜板 。这时帽子已满了，公孙大姑娘也不再收钱，虽说才转了小半圈。杜甫想帽子一定是故意做得浅小的。她的高尚品质更引起他无言的爱。

此后，公孙大姑娘由郾城舞到洛阳，又舞进长安，那是公孙大姑娘的黄金岁月，各种庆典上，她和念奴、李龟年一样是少不了的压轴人物，杜甫只有远远看着叫好的份。在这样的黄金岁月中，公孙大姑娘渐渐变成了公孙大娘，少年老杜变成了真正的老杜……这位弟子告诉老杜，她是公孙大娘在家乡临沂县收的徒弟。公孙大娘战乱后回了一趟家。以后公孙大娘又走了，她也就自己出门打天下，再也没听到师父的消息。

老杜看她，也不是青春年少的样子了，眼前又浮现出当年在郾城，那一场剑器舞，他把两个汗津津的小钱搁在公孙姑娘伸过来的帽子里。老杜的脸竟然又发烧了。那是无数个青年时代夜中的情景啊。他连忙告别了女弟子，走在回居所的路上。脸上的热退了，忽然觉得自己是在荒山里行走，在自己大荒凉的心里走，因为焦灼马上要亡故了！

李龟年吹了一段《江南春》，这是一首用词欢乐，调子却忧愁的歌。在座的年轻人倒没什么，老人们有几个唏嘘的。这是一首战前的歌曲，想必李龟年没有给自己的曲目上增添什么新东西！笛子吹完了，唏嘘过了就吃饭，吃饭了又闲聊，有人说到春天里正好骑马打猎，另有人就说现在马少了。“还有真正的天马龙驹吗？”大多数人都摇摇头，说长安失陷的时候烧的烧死，抢的抢走了，不知下落。有人又提到一匹舞马。这匹舞马战乱中落到胡兵手里，当运货马使用。有一天军中奏乐，是往日宫中常奏的曲子，舞马一听到就踏住节拍跳开了。军士们以为它犯病，打它，它觉得是因为自己跳得还不好，就更加认真，军士打得更重，它也跳得更努力，最后被当做马妖活活打死，倒下的一刻还在不停地舞蹈……故事讲完，有一会儿冷场。一个人尝试重拾话头，说："真正的天马还是有的，还剩下单单一匹。这匹马当年也落到了胡兵手里。有一天晚上，它挣脱缰绳跑掉了，一阵风跑到凤翔，也有人说它是飞过交战线的，成了新皇上的坐骑，参加过很多战斗，受了无数的伤，现在老了，在长安的内厩里养伤。它整天鸣啸，人们说，这是忘不了战场的马的脾性。深夜里听着，一些人奋发，另一些人深感凄凉！"

在潇湘的晚上，老杜的病情又加重了。这是老杜去世前的夜晚。关于他的临终情形，有人说，他是不该多吃了人家送的牛肉，喝多了酒。但是他并没有心里堵得慌的感觉。他只是发烧，迷迷糊糊睁着眼睛。最近几天这是常态，亲人也习惯了，不操心他看见了什么。其实老杜不光是在看，他睁着眼睛是因为风刮得紧，他已经飞了。飞过了大江、平原、山川，在星光下飞，向着北斗，飞呀飞，就飞到了长安。老杜飞过旧日的街道，径直进入他没有到过的内厩，奇怪的是他一点没走错，以前应当来过。他一路看到许多拴马桩，都是空的，在月光下孤立，有些显出微小的花纹和耳扇；小小的耳扇轮廓极温柔，令人感伤。没有讯息，似乎直到老死。老杜急切的、火热的心几乎冷却了，他想不起自己来这里做什么，心中只有悠远的感伤。也许，这里只是一座被劫掠过的博物馆？这时像抽出刀子，内厩中一声悲哀的嘶鸣！老杜在一瞬间打抖还阳了！像一只老鼠，老杜循声而去，站到马面前。马就在月光的阴影里，系着缰绳，在忍受什么，又等待什么。完全是当年老杜伏在草丛里，逼脸看见它的样子，只是不再那样愤激，也许因为愤激更深了？“马，你还记得我？”马的大眼睛望着老杜，老杜在它眼睛里。

这是充满温情的一瞥，这样的温情可能再不会给任何人或马。老杜心火烫，马上解下缰绳。他刚才觉得自己手脚够利索，这时发现，他实在衰老了，没有爬上马背的力量！看来梦想要葬送在诗人的衰老上，但这时马却和当年一样，卧下了身子，让老杜上马。老杜一上马，两腿夹住马肋，马上有了力气，筋骨在活络，肾也有了年轻的感觉。马儿带着老杜，不声不响，走出马厩，走过空旷的宫殿。在旧日的朱雀大道上越走越快，终于，在城外的秦川田野上，它张开四蹄飞了。马儿带着老杜又一次飞越秦川，秦川还是那样深厚熟悉。老杜耳旁呼呼生风，马鬃直刷眼毛，使他张大了眼。越来越轻捷、强健，再也没有衰老的病症了，又回到青年，甚至童年的样子：不择地段地张开手，毫无理由就向天空飞起来，越飞越高，和飞翔融为一体，化为一道光，一颗流星……

六　乐游原

乐游原

战乱之前，在一个晴朗的上巳日，李白和贺知章、储光羲、岑参兄弟还有裴迪来到乐游原。

他们避开了热闹的曲江，曲江今天有太多的皇家车驾和高官仪仗，后人踩前人的脚跟，好景致今天是看不出来的。他们在草地上铺上席子，围坐着饮酒。酒有一大缸，是骡车驮来的，纪信酿的米酒。贺知章的酒量最大，大家给他面前放了一只大海。裴迪不能多饮，大家要他用诗代替，裴迪说："我的诗才不如你们，一次只能作一首两首，一会儿王维来了，让他代我多作吧。"大家问他王维怎么还没见来。裴迪说，王维到玉真公主府去，大概脱不了身，陪玉真公主逛曲江了。

"他说了，稍微得空，还是要来喝酒作诗。"

大家四处一望，远近有些水田，几块荷塘的碧绿，通到天边，又间隔几出莲花鲜红的尖角。贺知章说："这像是我家乡会稽啊！我现在好像已经在家乡了！"他翘起白胡子，出神了。这一段他老在念叨，要回去，再不回去就回不了了。李白和岑参等人都去过会稽，李白就回忆那里的清波荡漾，莲叶忽然张开，露出小船和船头的采莲女，她们脚踏木屐，连鸦头袜也不笼着，脚背像冰雪，却勾起人滚烫的热情。

一直默然的储光羲说："眼前的情景，我倒有一首诗。"是一个女郎，也许是船家儿女，在黄昏时分，来到荷塘边，为了等待。日落月出，风吹衣带，女郎心中焦急又甜美，宁静中含有忧伤。等待永远面临两种结局：或者情郎马上到来，或者永不出现。这是一个少女的等待，她的等待注定还很多。如果等待落空，得到的是不出场，那缺失是多么漫长。如果在夏夜中一直等待，而情人也永不出场，那么这会变成一场诗意的等待，一首青春悠长和永不衰老的歌，还是成为荒诞的等待，对青春的谋杀？而少女从一开始是红颜还是枯骨？对诗人来说，荷塘、杨柳、聚散的鱼群，是拙劣的或反讽的道具，还是活生生的大千一瞬？ 暗夜中的凝望因此让人心碎。

裴迪连叫："好，好！储老前辈前身怕是心细的女郎吧！体贴得精微。"他放下酒杯，竟拿起一双筷子敲着酒盅，慢慢吟哦："潭清……疑……水……浅，荷动……知……鱼……散。"李白插话："更自然的还是后两句：'日暮待情人，维舟绿杨岸。'前两句不过细微，这一联才是自然体贴。不过，储老诗中景物是黄昏，以眼前所见，还是王维的'漠漠水田飞白鹭，阴阴夏木啭黄鹂'切景。看，那两只白鹭飞起来了……"大家正看那白鹭，小童说有一匹马来了。

那匹马践起很多尘土，遮掩了骑马人。到近前，马缓步而行，才看出是王维。大家都搁下酒杯。王维下马，裴迪说："你骑在马上，不像是学士，倒像是你诗中老将的少年时代！”王维却神情凝重，坐下喝酒，也没了平时风流温雅的态度。喝了一斗低头酒，他看着李白：“李北海先辈被杀了！”

大家都吃了一惊，李白吃了一大惊。李太守的事，他知道有人告他挪用钱粮，当然是诬告。皇上派了人去调查，想必不久就可洗冤的。谁知这样结束！

“你怎么知道的！”王维说，他方才跟玉真公主游曲江，玉真公主偶然提到李北海，皇上顺口告诉公主的。

“皇上说，李太守贪污，使者已经将他就地杖杀了。皇上说，因为今天是上巳日，这事准备明天在朝廷上宣布。我听了惊心，找借口离开赶来。”

大家又知道，这次牵连的不光是李北海，还有裴尚书、韦中丞等人。这不是今天早上的一场事变。也许自从太子和二位皇子被杀就开始了，如同酿造一种酒。

那天的聚会提早结束。晚上，李白难以入寐，忽然听到一种箫声。箫声非常缥缈，似从遗弃的远方来，不胜城市的清冷，不久就停止了。李白想见月光下的乐游原，由日入夜，披上遍地风霜，可见这并不是游玩的季节，不过是人们耽于游乐，无所察觉！然而正午很短暂，黄昏就要到来，等黄昏到来，只剩下断壁颓垣，化为陵阙，像喝醉了离别的酒，忘却了等待，顺大道狂奔而去，连音信也消亡了。余下的也许只有诗人们欢宴的回声？

雨霖铃

当高力士也离去，太上皇身边就没有人了。太上皇就是过去的皇帝。

过去的皇帝坐在西内的窗前，隔帘感到又下着潇潇的雨，风声振动了瓦檐下的铃铎。这时该有一个吹箫人，演奏《雨霖铃》。而这个吹箫人是皇帝自己。

箫声一起，皇帝又一次进入梦幻。

仿佛是长生殿的那天晚上，月光使亭栏生成冰雪，也洞见了情人的肺腑。皇帝在沉香木造的亭子里吹箫，皇帝是情人，等待爱人一起赏月。然而这不是真正的爱人，只是她的一张画像。高力士不在身边，皇帝想不起画像从哪来。皇帝对着画像呼唤，就像他还在青年时代，第一次作为情人，心中甜美而焦灼，永远不能肯定会得到呼应，还是回绝。这时爱人却从画上下来，梦想成真。爱人坐在身边，握住他的手，轻轻唤他："三郎！"皇帝的心沉浸在甜美中，却止不住问："为什么你离开我这么久？难道你在某一时刻，忘了我们的爱情？"

群山万壑赴荆门，生长明妃尚有村。——杜甫

纵使晴明无雨色，入云深处亦沾衣。——张旭

明月松间照，清泉石上流。——王维

千古长如白练飞，一条界破青山色。——徐凝

“是你离开了我，你不知道吗？我始终就在你身边，你却四处寻觅。似乎已经陌生。我非常害怕陌生！我常想：总有离别的日子，月亮圆了又缺，今夜过后，或许就是另一个世代。我害怕自己不够格，向织女乞巧。可是我能领会那神界的秘密吗，也许幸福的秘密，凡人是不能祈求的？”

接下来，有了金钗钿盒的盟誓。这些东西能使爱人心安吗？钗盒现在不在皇帝手中。那时高力士请的方士云游归来，说在蓬莱山见到许多仙女，里面有一位仙子小名叫太真。想来就是妃子，但是没有信物，不能相见。皇帝将钗盒交付方士。方士走后，皇帝就由战乱前居住的大明宫迁到现在的西内。再后来有一天，高力士也走了。方士还不见归来。

想起钗盒不在，皇帝突然恐慌：旧日的爱情失去了凭信，谁相信自己爱过，欢乐过，犯过错？似乎需要奇迹。

皇帝知道这样一个奇迹。离那个盟誓的夜晚不久，同样是银色的月光，皇帝眺望满月。忽然看见月亮上下来一架银色的桥梁，直伸到皇帝脚下。皇帝不由自主踏上这道桥梁，一直往上走，走到长安上空很高的地方，最后踏上了月亮。月亮上类似人间和平的夜晚，有宫殿，银白色的树木，像梨花，其实是桂树。皇帝漫步走近一道宫墙，听见传来奇妙的音乐，是皇帝从来没听到过的。皇帝忘了自己的处境，他很想在宫墙里面，于是他原来是在宫殿里。皇帝躲在一根柱子后，看见一些仙女在演奏，另一些在舞蹈。演奏和舞姿都是说不出地缥缈温柔，皇帝暗暗记下音节。

一曲舞罢，皇帝觉得一个弹筝的仙女非常像妃子，情不自禁探出半个身子。立刻有仙女娇叱：“哪里来的凡夫，敢偷看我们聚会！”皇帝转身就逃，那弹筝的仙女把手中银甲向皇帝掷来。皇帝一闪，接在手中。皇帝不知怎么又出了宫墙，慌不择路登上通人间的桥。就在走到一半时，皇帝忽然担心，前面的桥没了怎么办。才一想，前面的桥忽然没了，皇帝一步踏空，直跌下沉沉世界。皇帝大叫了一声，紧闭双眼。却听见高力士的声音：“皇上！皇上！”皇帝小心翼翼睁开眼睛，原来已回到御榻上。皇帝对高力士说：“我刚才不是做梦吧？”高力士不回答。皇帝认为自己做了一场梦。回忆梦境，走近了一处宫墙，后来又穿过宫墙，听到音乐，随后观赏了一场舞蹈，并且暗记下音节，却做梦也想不起是怎样的。皇帝再努力回想，想起一个弹筝的仙女将银甲掷来。他闪开了，并且接在手心。皇帝觉得手心有什么硌着。他张开手心，是一枚银甲。音乐的节律似乎泉水，一下子从皇帝心中涌出，舞蹈的姿态也历历在目。皇帝连忙呼唤妃子，要亲自写下曲谱，请妃子舞蹈！这种舞蹈只有妃子一人跳过，妃子“仙逝”后，就无人知晓了……

黄花川

秋天的早晨，王维来到黄花川口。黄花已香枯，风吹得覆上岩石，更显出石质的洁净。

水流出岩石，更为冷淡。出了山以后，芦苇清冷地倒映其中，一些地方水漫过荷塘，绿荫荫地沉静了。面对远景，在山口，还非常活泼，保留长年在峡谷中孕育的劲头。

黄花的颜色淡了，秋天的颜色更深。前景也更深远。但王维并不像年轻时那样，急于追根溯源；他在川口坐下，在时光的变长中，感到身边水的流动和身下石的静默。水声越来越远，而离石头愈近，直到心中的水声终于完全进入岩石，化为凝固，像一万年。

辋川别业经过丧乱，有了历史。诗人常常穿过空寂的廊，看到风吹蛛网，就像掀开帐幔，看人生的真相。身边没有裴迪也没有其他人。在昔日送别王孙的山坡，还生长着红豆，初恋时单相思的眼水，第一次约会手心的毛毛汗。喻义仍在，原物在哪里？

一幅《雪溪图》，是一场夜中的大雪，遮掩了一切，划出黑色的溪流，仿佛烈风，透出另一个世界的信息。在雪的深处栖居着王维，也可以说王维消失了，因为那个传来了信息的世界，不能确定存在。王维去了寂静的山谷。在寂静的时光中前行，无路可走者的唯一幸福。想想看整个下午，溪水在流，青翠堆满山谷，堆积灿灿发光！到黄昏，岩壁遮住阳光，对世界来说过于幽深，也许可以叫做走进一扇门，难道就不能有清新的想象，清晨般的意境？阴影下的水边，王维看见了一朵红花，一朵芙蓉。热情而冷淡，希罕的一朵，因为外间的此时早已凋零。风吹下几片落瓣，吓了王维一惊。

这种凋落的过程是不要见证的深思，是开放的延长，但是宽容地让王维停留。

王维忽然不清楚身世，并且没有证人。包括那些发生在通衢大街和酒楼上的“段子”，大家的嘴巴都在讲，世所公认，却没有一句肺腑之言。

另一方面，诗人是自己所有事件无可逃避的证人，永远不会清白无辜。这也许还是被雷海青的牺牲决定的。

战乱开始，王维没有逃亡，也没有救亡。他在洛阳做了俘虏。俘虏和叛徒离得很近，和灞陵风雪、渭城送别、九日登高离得很远。王维成了叛徒——伪官。做了伪官要为伪政权服务，用俘虏的一技之长。诗人用的是诗。一天伪朝廷又开宴会，要王维去赋诗。王维到了常开宴会的凝碧池，发现今天的宴会规模很大，新添了一道摆设——乐工。以往伪政权的乐工都不上档次，不过是些草台班子，今天却使王维为他的发现惊异，因为这是货真价实的梨园子弟，王维旧日还与他们合作过《红豆曲》和《破阵乐》呢。听说安禄山为了得到为皇帝服务过的梨园子弟原班人马，下尽力气搜索，不但那些逃进了地窖、民房，丢了乐器冒充普通老百姓的难免，就是逃到山洞里，或剃光了头当和尚的也搜了出来，凑成今天这个阵容。王维的身边坐着许多像他一样的伪官，伪官的面前坐了一列伪乐工。因为王维和这些伪乐工中很多人认识，他就比其他伪官更坐不稳又更非得坐稳，不想看、听又更得认真地看、听。乐队开始奏乐，他们竟然奏了一首王维的《红豆曲》，王维知道乐工们的意思，但他的脸更红了，处境也更加矛盾。胡兵们并不满意这首歌，他们要求乐队演奏《庆善乐》。

有一会儿，似乎是十年又是“刹那”，乐队静默，伪官们也死寂。《庆善乐》是皇帝玄宗自制，纪念他自己的开明政治。对梨园子弟来说，这也纪念了他们的美好生涯。这无疑使他们很难受。看来安禄山明白这一点。“你们是不想演奏吗？你们还在想你们的大唐皇上？”

这句话像引导蓄够库容的水开闸，乐队的泪一下子淌成了河，伪官们中也流着小溪。王维的眼睛发酸却没敢唏嘘，也许是因为刚刚开始的泪腺分泌泪液导致眼睛发酸，眼睛发酸导致唏嘘，唏嘘直至流泪的过程，被安禄山一声断喝止住了：“谁哭，就杀头！”顿时，这个过程从全体上戛然而止。却仍有一个乐工，也许因为年纪轻，又把这个过程延续了几秒。这几秒过去后，安禄山向他一指，于是这个乐工被绑出去了，又过了十几秒，小乐工的人头被拿进来，这使大家又哗然了一秒，也许半秒，哗然后陷入更深的死寂。人人觉得这死寂不可忍受，似乎再延续一刻，灾祸就将来临，甚至希望安禄山讲话来打破它，别人都对这种死寂无力。这时却突然爆发出一种声音：“狗日的安禄山，我不想活了！”

一件东西从空中飞过，直奔禄山，却掉在禄山面前，滚了一下，是一件乐器。而且这件乐器王维很熟悉。王维头皮一紧，硬下心一看，正是雷海青，他站出了队列，身子前倾，也许因为刚才用了力，并不威武的嘴角怒张着，显出一种大家不熟悉的、不自然的英勇无畏的姿势，直到卫兵把他抓住，甚至在他的双臂被揪住，膝盖被踢弯而扑通跪下时，这个姿势从某种角度上还保持了一瞬，它给王维的震撼难以想象。王维比预先料想的更早回到了住宅，在无人监视的情况下，他的眼睛又经历了在宴会上被中断的完整的流淌过程，这就像朋友们下马——拴马——上楼——入座——喝酒——酒酣——送别，这时诗也就流淌了。

这首诗产生了，它怎样流传出去？这流传非常危险，然而是必须的，它后来救了王维的命。从后果看，在逃亡、救亡、俘虏、烈士、叛徒的夹缝中，在几乎不可能有出路的生、死中，一首诗使情境有了转机，打开了新的出路，这是大家都熟悉的佳话。但也有另外一种说法：王维和郑虔第二次被俘（作为伪官被朝廷俘虏）后，暂时被囚在旧杨国忠府上，丞相崔圆来视察。恰逢崔丞相要装修他的住宅，用上了王维和郑虔二人的手艺。二人尽心尽力，使他的居室之典雅成了天下第一。丞相一高兴徇了情，王维这才得以幸免。那首诗说不定是为了求情编出来的。之所以有这种说法，是因为那首诗的流传太成问题，几乎不可能。这些人设想：王维不大可能在当时写这首诗，就算他心里有了，大半不会写在纸上，况且一张纸在乱世中的流传，不会比一句话更顺利。但是王维怎么说出这句话？说给别的伪官吗？这比写在纸上更危险，也不符合叛徒的心理。叛徒们都是孤独的，他们只有在孤独中才会安全，而叛徒的最终目的无非是为了安全。把秘密告诉另一个叛徒，强要他承担一个危险，这不仅毫无意义，而且几乎不道德，王维并不是不道德的。如果王维只是记在心里，到再次被俘后才说出来，那又怎么证明这首诗存在过？这种种疑问说明：王维也不适合为红花作证。

丽人行

三月三日的曲江，才是热闹！ 踏青的人们，放风筝的人们，坐船的人们，拥挤到这里；天空飞舞假蝴蝶，草地和柳梢上飞舞真蝴蝶，水面激动的波纹荡漾，一刻也不能停息。半个长安来了这里。

年轻的儿女来这里相会，恋情历经战乱仍不会消逝。一星眼神，一瞥会心的微笑，一条家常青罗带，随风蹑起的清尘，水面起了波纹，又一个故事流传。失恋者独自来到湖边，面对春风，觉得杨柳似眉，水光如面。那就尽管这样吧！他不能乘舟，因为担心那面庞荡碎了。不能踏青，这是每一个情人或单相思者明白的；不能回城，因为也许再回头，春光就消逝了，痛恨自己的不诚心。那就这样吧！

那贫穷的人家也来游乐。春风使单薄的衣衫暖和而不寒酸，让憋闷的蓬屋里的咸菜气息消逝，在这无价的日子，忘了柴米油盐的来龙去脉，执著于柔和短暂的梦。失意的士子，长袍恰如春草，混迹于人群中，悦目散心。浪漫的念头又从灰黑一团的试卷下复活。你看那人是不是崔护、李益？曲江头皇榜上没有题名，曲江尾却可能藏有爱情。你不是还有青春可虚度，还有时光可以爱和被爱？

在一些疏落的柳树下，老年人半闭着眼睛，沐浴久远的阳光，回想更久远的事件，卖胡粉的少年，因为痴心梦想成真。裴航从蓝田县回来，整天在市场上瞎撞，求购捣药的石杵……不，这也许是自己年轻时的事吧？不能确定了！睁开眼，看看眼前的年轻人，活在这和平的日子里，谁知道什么叫战争、饥荒、火灾？这样的春日，谁知道它的长短？

最快乐的是那些闺中少女。说真的，这其实是专属她们的节日！她们穿着最鲜艳的衣服来了，一点也不怕俗气，连那样俗丽的桃李也嫉妒。脸上无遮无挡的阳光，一点也不怕紫外线增加黑色素。心底溢满笑容并且轻易显露。如果不想太坦率，就是含羞的半月，眼前朦胧的三月天。像脚下小草一样胆怯羞涩中难得的一时，一时中难得的一刻，一刻中难得的一瞬，一瞬中难得的一生。一个天大的疑问：明年踏青时，是瓜熟蒂落，还是强扭的瓜不甜？因为要采摘，等不及成熟。成熟了，也许采摘的时机反而逝去？

但丽人们的出场才是高潮！

丽人一到来，风儿不敢吹，柳枝温顺地下垂，争论不休的小鸟止住啼鸣，大家屏息欢迎！丽人们香风扑鼻，笑声碎银子一样沿路洒落，儿童们跟在后面拾。近了，是惊人的美，让小儿女们黯然失色！你看那衣衫多华贵，怕是瑶池楼台上才有的彩带，也许是限令织女赶制的！那头顶的髻高耸入云，或者说每一个周围都生发潮湿的云雾，令人不敢仰视，有的将坠未坠，又多么令人惊心，是先锋的美。发质多乌黑光滑，世上没有任何敏捷的跳蚤之类能够站住一秒，蜂蝶当然更不敢于骚扰。那高髻下的面容多么端庄，骨肉匀称，五官搭配又堪称奇迹说是光辉又贞洁的满月，或闲静又温柔的处子。修眉比娥皇女英的淡远，腰肢比赵飞燕的细；妙解音律，能歌善舞，一定又胜过听琴的文君！她们的光辉使得簇拥的使女们也黯然，何况凡俗的众人，何况又黑又瘦的老杜！再说，她们的身后还跟着丞相，摸摸他的手你就会烫伤，你看他这时是多么文雅清凉，走得和丽人们多么体贴！ 这一切多么感人，你哪敢再往前走一步，破坏这感人的场面，哪怕仅仅是企图，你也会在变成现实面前首先粉身碎骨！可是你站远些看，还是没有什么的。这一天，多少人饱了眼福，曲江增了多少色啊！……

…… 这不是还像昨天吗？

到晚上，曲江安静了。但也可以和二三友人，一起乘船不归，饮酒赋诗到天明。城门关了，灯火也次第熄去，但兴庆宫和大雁塔的宫灯还依稀可见。听见御沟的水轻声流出城角。朦胧的春月升起，在柳梢上显得大。这时，不由回想元宵，城门都整夜不关，全城灯火通明，连朱雀大道上，人也站得插不下脚了，发生了很多走失、相约、诱拐和殉情的故事。因为在这样的晚上，机缘不可错过，人生可以浪掷，梦想能够成真，真又化为梦幻。在这样一个晚上，他，作为一个落第书生，或者轻薄少年，尾随一辆特殊的七香车，从城外直跟进城里。车上的人斜揭绣帘，回头望了他一眼。那是怎样的“照面”，一张风华绝代的脸！他从震惊中清醒，想：怎么办？不清楚她是喜是怒。计上心来，假装喝醉了，只管跟着车子走。似乎女郎低声骂：“二流子！”但这个字眼在她骂来柔和动听，感觉失去了原意。他的心更飞起来，飞上了绣帘。但怎样揭起绣帘，传递消息？！人群拥挤，星夜短暂，爱情稍纵即逝。车子越来越快，转过一道街角，眼看在街角消逝，却飘落下一角红巾。他捡起这条红巾，由不得伫立发怔。这是重聚的信物吗，还是诀别的留念？如果是信物，他该在哪一个夜，哪一处墙下等待？或许他该从此自新，勇敢去追寻，翻越深宅大院，打通重重关节；或者这是诀别，那么他该索性忘情了风月，沉醉于青楼，来掩埋暗红的记忆？也许这都是徒劳，红巾已留下永远的结！

就像我们幼年时的一朵花，一束阳光；一个充满阳光的下午，一处白色的田野，让我在这个下午提笔，追忆曲江和丽人。我还可以活多少年？还有多少时间可回忆？呵，“总会有时间，总会有时间……”曲江不是曾这样对丽人们，也对游人和观众的我们说吗？

七　谢朓楼

会昌年间的秋天，张祜从丹阳来到池州，见到了杜牧。

平头百姓张祜专程来看望团练判官杜牧，是因为听说杜牧很喜欢他的《宫词》。

二十年前，杭州那尴尬的一幕后，张祜就打消了做官的梦，安心当一个浪子，那以后他又漂流了大半个江南，到处只求一口饭、一张床，直到最后寓居丹阳。说起来杜牧的日子比他舒服得多，他在扬州天天放浪行迹，醉倒在歌伎床上不回来，他的上司牛僧孺没有追查，只是让人跟踪他，有一天杜牧自己看到，报告他行踪的帖子堆满了两个大书箱。后来他在洛阳，又闹出看上了李司徒家歌伎云英的风流韵事。但是作为一个诗人，杜牧有自己固有的内心痛苦，像树有自己的瘤，一个人觉察到以后，就会在某部分蜷缩起来，守护这些痛苦："这也许是他喜欢我那些化不开的痛苦的诗句的原因吧！"

见了面，两人就到北楼上喝酒。一座城池总有这样的北向的楼，就像李白怀念谢朓的那座。李白来到楼上，送别他的堂叔李云校书，当时李云要从宣州到长安去铨选，而李白是从金陵追慕谢朓，专意来到宣城。在金陵的一个秋夜，李白登上了相似的一座城楼。凉风从空虚中吹来，夏天已经过去，女人们会发出团扇弃捐的感叹，因为寂寞侵袭，修长深入，季节和心理之间，这样微妙的作用。这是一个细致的时代。自从离开长安，李白常常在朋友们玩得正高兴的时候，离开人群，迎着寂寞深处而去，也许端着一杯酒，像他现在穿过满城的月光，顺台阶而上，你走得高就能走得深。景色无疑是熟悉的，像每天呼吸的空气，诗也是熟悉的，灵魂通过许多布景认识自己，布景大同小异，这正如同捷克医生和小号手托马斯，喜爱女人相似却又有微妙差别的做爱。让李白想到谢朓的，是布景上的江水，它在月下正像一匹白练，“练”这个简洁的比喻让李白高兴，一次比喻是对世界的一次新认识，可是李白随即想到，谢朓已经这样比喻过，渐渐怅惘变成了沉思，他想到了谢朓的许多事情，他比拜伦还少活了一岁，他的背叛、出卖、躲避和被害，他的第二故乡宣城。李白感到，这又是一幕相似的戏剧，虽然地点是在江南，布景也已陈旧。沉思变成了神往，李白决定到宣城去，谢朓一生中最精彩的场景其实发生在那里。

杜牧和张祜喝酒的城楼，场景和谢朓看到的并没有什么大区别：野地里到处是低矮的灌木丛，远处是江面，湘河流出板桥浦与它相会，河面上架起浮桥，人们从这里弃水登岸，当年谢朓的诗歌之旅其实是从那里开始的。李白来到这里的时候，河岸上已经疏疏地种了一些橘树、柚树和梧桐树，这些树从他们名字的造型就看得出来，各有秉性，它们成了李白诗歌中的新元素。这些树是否是在谢朓的日子里种植的？无论怎样它们对诗人的生平富于暗示性。

谢朓的船一过新林浦，遥遥看见板桥，他感到真正与金陵的记忆告别了。生活似乎给了他恩赐，让软弱的他过一种自己想过的生活。在京城，明帝登基以后，好友随王子隆在当天晚上就死去了，作为前皇帝的二儿子，他不能不死，却想不到会这么快，他的死因不明，也许算是“蒸发”。不久前，竟陵王子良也病死了，他死之前高兴地说：“这下好了，免得让屠夫来杀我。”当时谢朓也没敢探病，死了也不去送葬，连到坟上吊唁也不敢，因为据说派人窥伺墓地，把吊唁死者的人抓起来，以便一网打尽同党，是一种传统的招数，在这幕戏剧中坟是无辜的同谋，就像后来谢朓告发岳丈王敬则谋反。可是妻子不会认为你无辜，在那个做爱的晚上，和平时似乎没有什么不同的同床之夜，她忽然从内裤中掏出利刃，把床笫之爱变为致命的搏斗，如果不是她比你更软弱，使搏斗看起来像是游戏，像做爱的一种花招插曲，她已经杀死了你，也就是杀死了她自己。朋友不会觉得无辜，他们看到你就朝地下吐唾沫。古老的随地吐痰的习惯，沾染上了强烈的感情！那些当权者也不会觉得你无辜，他们给了你一个中书郎的位置，推都推不掉，也就是给你打上了同谋者的印章：“此人已出售，价格为某某官职。”就算你从那个时代里远远消失，混迹在现代北京的汹涌人流里，甚至走在地铁出站口，你的背上也会贴着那个印迹，像一种行为艺术家。自从由于和子良关系亲密被人告发的那一天，偷生或者叫自杀未遂，是他注定的命。而且，死者也不会觉得你无辜，谢朓在被杀的日子里念叨一句话："我没有杀他们，可他们是由于我而死。"一棵结果子的树的生死让人羡慕！

在杜牧和张祜眼前，同是秋天，没有橘柚成熟的美景。自从李白的时代以来，那些树想必是一次又一次被砍掉造矛杆、檑木、寨门了，果实无人收拾，烂在地里，逃亡的百姓，有时也用树皮取暖，原野上终究只剩下了比人更能活命的灌木。似乎是为这个情节作注，杜牧和张祜举起一杯酒的时候，一处城楼传来了角声，提醒人们这里已成为边疆，随时可能发生战事。就是这座北楼，也留下了从从箭孔，楼檐的一角已经倾塌了，没有经费修理。杜牧只不过是个团练使，有心无力，想必不久的将来，在江南的秋雨中，这座楼也会彻底坍塌。连这个大时代也将成过去，四百八十座寺庙只是传说，这座楼，楼上的两个人，人手中的酒，又是多么短暂之物！

确实，李白知道，江水从谢朓流向李白，也会由李白流向后来者，已有的必再有，所有的人都是一片沙滩。就算手中有剑，权势逼人，或者思想像刀子一样锋利，又有什么用？王粲死了，曹植死了，谢朓的前辈谢灵运被杀了，谢朓又被杀了。

杀死他们的人也死了。刀斩不断水流，以为斩断了，存在之流依旧，因为人只是一种存在。但是人仍旧会有悲喜，就像天空中的大雁迁徙到水土丰美的地方，在那里繁殖。谢朓来到宣城以后，短短的一年，却像他的一生写了那么多诗，他在办公室里写诗，在卧室里写诗，在走廊上写诗，在厕所里写诗，在做爱中写诗，在马上写诗，在水上写诗。他所有的窗户对着原野，窗户上长出青山，平原和街道上长大的孩子，呼吸着山的气息，他活在这些草和树、树和叶、叶和泥土、泥土和露水、露水和江水、江水和空气、枯死和新生，湿润、清新、陈腐、甜美、苦涩不能分辨的气息里，他是一块大自然的风向标，发现前人从未留心的信息！荷尔德林在瑞士说：请给我一个甜美的夏天，让果子成熟！

夏天过去不久，谢朓因为铨选回到京城，还是担任中书郎，不久去了南徐州，在那里成为出卖岳父的凶手、小人。后来回到京城，又遇上一场阴谋。因为不肯参与废立的阴谋，被一手遮天的遥光关进大狱处死了，赐死的诏书里还说："谢朓是个无行的文人，一贯奸滑刁钻，没有什么好的名声。虽然告发他的岳父，向朝廷表示了一点微小的忠心，可是又因此狂妄自大，诽谤公卿，议论朝政，勾结小人，影响极其恶劣，应当诛杀。"高尚是政客的通行证，卑鄙是诗人的墓志铭。

能战胜流水的只有扁舟，这是所有哲人和诗人的最后出路，夫子不是说了“道不行，浮于海”吗？李白能想到的也只是一叶孤舟，驶向大海。而张祜已经没有了这样的理想，时代不同了，他只是在别人的帘幕下和饭桌旁漂泊。以前他也有过心气高傲的时候，幻想一举成名。不是从幼年起，他的心就有别人不能有的敏感，他的幻想就去到旁人冷落的宫墙之内吗，那里红叶飘落，象征美好的姿容也沾满露水，这本该是诗人的最好伴侣，爱情中的主角，却在不合宜的时间地点、单调不变的情节中被浪费。心变得敏感、多疑，充满了移情的能力和晦涩的譬喻，如同一座象征的森林，或者一架风琴，每个键盘都传出玄妙的共鸣，一小幅蛛丝就透露了禁锢的真相，一声“何满子”就寄托了全部人生。宫墙连绵绵的秋雨也不能穿透，那个世界无限小又大得可怕，千年来诗歌只有乘着几片红叶偷渡。

少年张祜早就听说过那个故事：宣宗时候，寂寞的落第书生卢渥在宫墙下漫步，回味自己的不幸，高高的宫墙和幽暗的秋天气氛，引他幻想墙内的世界，几乎忘掉了自己。御沟里流水声唤醒了他，流水的声音不很顺畅真切，如同宫女们的心事，一些红叶堵塞了溪水。他蹲下身疏通那些红叶，这说明他也感染了移情的本领。忽然他发现一片红叶比别的要鲜红得多，奇怪的是鲜红中又似乎有深色痕迹，像一些蚂蚁。书生拿起了这片红叶，看到那原来是墨迹，几乎不能辨认的一首诗：

“流水何太急，深宫尽日闲。”后两句无法辨别了，大概是谢谢红叶，好好去到人间的意思。这无疑是说她生活的宫墙之内是“非人间”，那么到底是天堂呢，还是牢狱？这真是一首小诗，小到极致了，可是在这个伟大、庞大的东西太多的世界上，一首小诗倒更令人留恋。这题诗的女子，她也许是那种人，竟可靠一句诗的微温度过一生！以前有过这样的人，玄宗时候，不是已经有过这样的红叶和诗句了吗？卢渥忘记了自己的“不幸”，他甚至也感到了这弱小女子的微温，伴他度过漫漫的寒冷的举子路。卢渥带回了这片红叶，放在衣箱底里。到了冬天，长安滴水成冰，取出寒衣的时候，又落下了这片红叶，红叶被压得干燥了，丝毫没有褪色，像一朵小火苗落下。他再次辨认了那首诗，还是不清楚后两句到底写的什么，想要续却续不上，也许她本来就没有写完？能续完的只有她自己，但这如何可能？

大千世界里，这种可能性何其微小。人们不能不忘掉这些衣箱深处的火苗，还有多少路要走，事要做，大任要完成，一种微小的可能性，如果认真对待，是何其沉重，卢渥有没有这个力量？但张祜知道，这种可能竟然实现了。十年后，宫里放出了一批宫女，不知怎么，其中一个落到了卢渥名下。本来皇帝是有命令，什么人都可以嫁，就是不准嫁读书人的，不知道皇帝出于什么心理，也许怕读书人知道了太多内幕，又写一些诗句出来吧，但后来标准放宽了，宫女们也愿意嫁读书人。嫁给卢渥的女子已经二十五六岁了，在做爱时她发出深长的叹息，也许是郁结了太深的时光，卢渥莫名地被她的叹息带到秋天深远的意境里，带进宫墙内的世界，带进流水和时光，他面前出现了层层红叶堵塞的流水，出现了十年前的那片红叶，那首诗至今让他困惑。

第二天，女子为他收拾衣箱，卢渥想到了昨晚上的幻觉，他拿出那片红叶，它依旧是一团火苗，不过在岁月里变成了深红，也许它饮了岁月的酒，比以前更含蓄、更沉默了。女子拿过红叶，脸忽然变成了晕红，卢渥疑心是红叶映上的。女子追问红叶的来历，卢渥讲了他的经历，他发觉她沉入了记忆深处。后来她说："这是我题诗的红叶啊。"卢渥只有惊讶，这太像一个传说了，也许就是一个传说吧？当然，在记忆深处，他其实相信有那种可能性，但是这种可能是这样深，这样小，他早就忘掉了它，虽然保留着叶子，却不是一个忠实的守护者。它保留下来是由于偶然性。这样做的代价是让他今天面对现实猝不及防。"怎么知道是你的诗？你的笔迹和红叶上的一样吗？"宫女在红叶上添了日期，这个日期距今天十年三个月零九天。卢渥看到她的笔迹——虽然新鲜——果真和诗句一样。

"但是那后两句诗是什么呢？"

故事讲到这里就结束了，也许后面的答案不止一种。少年张祜也曾长久为这个问题困惑，他成年后写的无数首宫词，也许都是这首诗的补续，又始终找不到一种完美的结束，因此就一直写下去。在他到杭州的时候，他那些老是完不成的诗歌已经出名了，甚至有些传进了宫墙内，广为流行，使他对前途抱有极大的信心。他乘着一条船去拜访太守白居易，指望他推荐自己进京赴举，却看见白大诗人和徐凝喝酒醉了，搂着肩膀一路回来，旁边跟着很多服侍的人。张祜觉得有些不妙，平时他不怎么瞧得起徐凝，无非是一个三流诗人，可是他听说，白居易喜欢牡丹，一到杭州就到处访牡丹花，徐凝就献给他一首写牡丹的诗，里面有什么牡丹不敢全开，只待太守来赏玩之类的句子，得了白居易的欢心。但张祜又想，自己的诗白居易是知道的，作为一个诗人，他不可能不知道诗的好坏，也不会在诗歌面前欺骗自己吧？

这样一想，青衫书生张祜勇敢地上前打招呼，恳求他推荐自己，结果白居易却打哈哈说："你们两人争头名，就像廉颇、白起相争，只有一战定胜负。"出了一首诗，叫《余霞散成绮》，一篇赋，叫《长剑倚天外》，试完之后，就定徐凝为头名。张祜不服气，背了自己觉得好的几首诗，有题金山寺的，有观猎的，至于宫词，张祜不知怎么有点不踏实，也许题材偏颇了吧，就没有提，心想白居易不会不知道。可是白居易说："你的观猎诗和王右丞比，毕竟差了一点吧？再说你没有徐凝

‘今古长如白练飞，一条界破青山色’这样的佳句！”张祜没有料到这个结果，他没有料到的是大诗人竟会在诗歌面前欺骗自己，也就是说他欺骗了诗歌。这样的人，张祜还能说什么呢？他只有扭头就走，在船上，他唱起了自己的诗歌，把最后一阵歌声留在杭州，而他的心在紧缩，恳求呻吟的权利。没有想到，徐凝也不好意思，他放弃了争来的头名，也离开了杭州，比起白居易来，他倒至少不愿欺骗自己！

自从这一次以后，张祜就不再抱什么幻想，他只是到处流浪，写自己的诗，他的宫词竟然透过了高墙，在宫女间广为流传，传到了皇上那里。皇上把朝廷里所谓有文化的学士元稹找来，打听他对张祜诗歌的看法，谁知元稹是白居易的朋友，他当然知道白居易不喜欢张祜，趁机说：“这些东西都是雕虫小技，而且题材敏感，对陛下您的影响不好啊！”哪里还有这样奸滑的暗示？张祜的命运就这样决定了！

眼下几杯酒下肚，想起了这些往事，他的心又一次颤抖起来。他以极大的平静压抑着自己，但他杯中的酒跳荡了。杜牧知道这种颤抖，他安慰张祜：

“想想李白吧，想想谢朓吧！我们总算还平安地活在这个世界上。想想自古以来的其他人。悲伤是一个永远平衡不了的不等式。没有什么人为我们作证，除了我们自己脸上的伤口。睫毛保护着眼睛，眼睛却看不见睫毛。何况希望别人的了解？

相互信任的年代已经过去了。如果你心里有一滴毒汁，就保护好它，它会浸透你的生命。如果那里是一团小火，那么把身体变成一副灯罩，卫护这火苗。如果是两片胚芽，那么每天给它灌溉。我们面对世界无能为力，可是我们总可以卫护和培养身体内部比自己更弱小的东西。一个听不到从身体深处发出的呼吁的人，不过是行尸走肉，就算他写了很多押韵的东西。”

昨天的日子已然飞逝，不可挽留；今天的日子多有烦忧，扰乱我的心灵。万里的秋风送走了大雁，自然界正在变迁。面对着这样的变化，怎么能不登高喝酒，领受从时间深处来的醉意？这确实是一场大醉，张祜外表消瘦，可平静的内心容得下一切变化，他自身好比一个小宇宙，充满了植物、矿石、森林、空气和星光的意象。从诗人到诗人，不断增加着星光的数目，还没有人从那上面坠落，但攀登极其困难。时代的帘幕已经破败，使命尚未完成，醉意还未沉沉。诗人们，自省吧。

八　我听见了李贺

小引

高三的一天，我感到学校里寂静，比学期中间大。那是上一届学生毕业前夕，他们有几个住在我正走过的大礼堂里。大礼堂舞台后角有两间耳房，是演出换装用的，他们可能自愿去了那里，不知从哪儿搞了一台电视机，我们很多人看过几回。我进去瞧瞧，他们都在忙着收拾东西，一切都翻得杂乱了，到处是书，以前并没看出来，仿佛书从什么地方出来了。一个学生忽然将一本递给我。

这就是《李商隐诗选》，封面当时是包着的，一片青气。我想起就在不久前这间屋子里，电视上看到的《相见时难别亦难》，一排高杨树，送行的人和骑马远行的人，在树林梢头、田野那边，显得很小了。翻开书，是小字、繁体：

此情可待成追忆，

只是当时已惘然。

我迷上了这本小书。比通常的三十二开本要小一点，显得细长，走到哪里，很好拿。我老带着它到操场，当时很少有人锻炼，可以埋头书页，随便乱走而不碰头。在这里我最想得起来的一首诗是《菊》：苦竹园南椒坞边，微香冉冉泪涓涓……我把它带进了大学。

不知何时我开始拥有另外一本《李商隐选集》，人民文学出版社本，不是小字繁体了，封面仍近于青润，字大而深。读起来，有疏朗的气息。

但这本书的注释跟前一本相比，使我大不以为然。大部分是关于令狐绹的。我不喜欢这个名字，有老谋深算感，难于感动的一类。

那个雨雪的早晨，我目送李商隐从长安启程，往宝鸡去。原野上是荆林和雪泥。诗人还年轻，前方迷离地充满希望，他想象：明天早晨被陈仓的碧绿野鸡啼醒了。他为什么要到宝鸡，只有依稀的答案。这肯定不是第一次，长安城里千家门户半掩，城是潮湿的。诗人保留的只是阴天的记忆。故乡晴日的印象很久远了。恍惚迷离的青春，什么都不易判断，不知怎么就犯了错。当时还不知道，这个错误有一生大。

那看起来美丽的，怎样成为错误呢？红灯、罗帏的羞涩和喜悦，青杨树林下的离别，别后的巴山夜雨，幻想的重聚中剪下的烛花。

爱好是秘密的，不能示人。从莱蒙托夫到顾城，直至艾略特和里尔克。有一两年，我完全放下了这两本书，小开本的在这时失掉了。直到上海的一个晚上，我又忆起这样的黄昏：

秋天的云干枯，透出虚幻的光亮，然而亭子里已非常黑暗，几乎看不清栏杆那边的荷塘，那些沉沉黑影是湿润的或干枯的，也许有枯糙的声音，就像在一个小县城边，大堤下沉默的时刻。你不过是少年，学习沉默，因为盼望静默中的事件。还是夏天，夜中有温凉的气息，是不是渴望一场秋风来临，才低飏过小城，星星点点都破碎了，溅落，这样的声音使不再年轻的诗人着迷，拒绝两个内兄聚餐的邀请，突然怀念孩子们。他已下决心，不再去找令狐绹。这次中书省考试，在已选中的名单上，一位“长者”将他的名字勾去，据说就是令狐绹。当时“长者”说:“此人不堪。”“不堪”这个词使这个夜晚和人生难以度过。

那个晚上，我捧着新写的小说穿过校园，去见我的同学。他原来和我同宿舍，现在读博士。我在那里遇到另一位老同学，他们两人极为亲密。这另一位同学在大学完全属于对立群体，“城市派”的，我不懂他们怎么到了一堆，而我和我的舍友，似乎是和我的所有同学，都疏远了。看着他们，感到自己在这个夜晚的单独。我曾长时间地想:“为什么会这样？”这跟我来上海参加研究生复试的事有关。那次我没带足钱，也许钱是够的，由于拘谨，我过多地任由他们花钱。后来我还曾写信去解释，一封不堪的信。我的生活中，这样的“不堪”太多！大学时，我偷图书馆的书，一回好几本，被抓住了。我是惯偷，偷了大半箱子书，这事同学们都知道（就是工作后，“为人师表”，我也还偷过一次书，借那上面靳尚谊画的裸体，用于手淫）。被抓住后不久，宿舍发生了窃案，一个同学说他的钱和粮票丢了。事情闹大了，还请来系总支书记。总支书记打哈哈。我自己的钱也丢了，对他的含糊很不满。忽然我听到“贼喊捉贼”这句话，加上别的迹象使我明白，如同石破天惊，重生世界，那同学的矛头是指向我！我这样浑浑噩噩。偷书及这件事，一定是同学们疏远我的部分原因。这是翻不过身的“不堪”！

谁当我是无耻的木头人，可以怀着渺小的心愿，顺从地在暗中年年等待？我心中自有别样的音调，幽然中高亢。我自走我的路，音讯杳然也罢。

细路独来当此夕，

清樽相伴省他年。

我们自有他年的夜。秋日的夜晚，嫁到李商隐妻子王家的李氏姐姐，为我们讲述弟弟李贺的故事。陈仓原野上，树枝和湿雾间的雪泥，在深远的溪瀑声里，阔别的、别得心肠也长长抽出来的乡村。通眉、瘦小、长指爪，耽于幻想的故事，来自亲人的讲述，几乎算我亲身经历或幻想：

羲和

幼年时有一天，黄昏有奇怪的光亮，瘦小的李贺站在院子里。黄昏的光亮是由于太阳。李贺注视太阳。眼睛并不感到刺痛，因为阳光少有平时虚幻的光芒，更加坚实，如同铜质。

铜质的太阳。李贺忽然想：由驾车的羲和来敲击，会是什么样的声音？

在李贺狭小的世界里，从此产生了这一种声音。

他的外貌越拖越长，接近 个铜人。上下一般细，衣衫贴着骨刺。无肌肉的脸上很早现出了铜人萧索的神情，眼窝深陷。他的单薄又完全像是秋风中的过客。眉毛连在了一块，没有人知道是太深情还是无情。甚至，除了母亲，没有人知道这是谁，理由是什么。

铜的世界充满了虚幻的秋风。

在阴暗的世界边缘，反映出了女娲补天的最初光亮。荒原上遗落着最后一颗青色的石子，这颗石子是有前科的，凝态的，青冥的水。

雁门太守行

黑云压着长安。长安一改往日的笙歌气象，像是铁铸成的，这是一个重大事变的前夕，所有事物都意识到事态的严重性，远处已闪烁奇怪的、黑暗的亮光。闪电滑过城墙，更凸显了那铁的本质。但城快支持不住了！铁要割裂、崩溃，化作铁汁，而远方却在加厚，急速地笼罩一切城内之物……在这样一天，李贺走进长安城，来到韩愈府门。

韩府今天紧闭，李贺没能进门，只能把一首诗由门房传递进去。李贺在大街上等待了一会儿，他发现人群熙熙攘攘，和他在城外的领受大不同，对头顶的星夜，另一个世界的存在，视而不见。他疑虑这是否包括韩愈。这使他们永远也不可能预感非常事物，临时不免惊慌，失去常态地仓皇。

比如现在，一场科举牵引了全体人民的注意力，包括韩愈的。韩愈正在堂上洗脚，他的脚上一次洗是在考试开始前夕，他刚从科举考场归来，堆积如山的文章看得他烦躁。门人拿来试卷，他说“放下”，脚依旧搁在脚盆热水里，多少软化一下无聊得坚硬的情绪。

后来，那些心事叫他想得烦了，顺手拣起看。他吃了一惊，因为看来一座城从天上倒悬，城头下方星云飘浮。这一定是在最严重的癫痫病里出现的景象吧？这景象让韩愈超常地兴奋又痛楚。他感到自己也要发癫，白费了几十年来的定力。他倒过卷子。现在的景象他比较能够接受了。他不由自主还在回味刚才的那刻，但不敢再倒回去。

一队骑兵走近了孤城，凶兆压在他们头上。他们抱着坚强的送死的意志，这凝聚于一面旗帜，是深红的。他们的盔甲——向着太阳反射古铜的光，也有一种洪荒的意味。这里面有英雄主义，对死亡的反向理解和孤绝一世的理想。在这个完整的世界下端，发现了两个苍蝇样的小字：李贺。

“李贺呀李贺，现实世界面临崩溃，诗歌的世界却得救了！那世界消逝得久得想不起来了啊！”

“可是，唉……”韩愈注视通眉的李贺，注意到他鸟一样的爪子，他的随时会化为飞灰的衣服。

“得救的世界很快又会死亡！这死亡本身很迷人，你会把它演绎得更迷人！”他想。

他对李贺说的是：“我担心，你上长安来是白费的，虽说你不来又更不可想象。你这种人（我名气真的很大，你找我算找对了），连我都不能真正帮你。我会尽力而为。不过，刚才我颠倒看你的诗卷时有一些体会：为什么你不顺过来？这样，世界的存在会稳定些。在现在的状态下，我们都会是徒劳。你会有名气，但这名气是徒劳，像世界边缘外吹来虚幻的风。

“你知道，为了免得我生命中总是徒劳的事情——有时候，我也处于你的状态，我还怀疑是世人颠倒了，只有我是正常的，我想你也这样想，我不知道你是否对——我就把大量精力用于做另一件事业：谏阻佛骨。我肯定这是一件与大众有关的、有益的事业。

“但它与李贺风马牛不相及。”

茂陵

长安城内发生了一些事变，其一是茂陵的铜人出走。

出走，意味着深夜，意味无人知晓，走向不明但决绝。长安城里反应很强烈，近年少有的强烈，类似迎佛骨那件事发生的时候。佛骨还被存放在法门寺里，在琉璃盒里放出光华，铜人却出走了。人们本来太习惯于铜人待在那里，习惯得把他忘了，但是他不再原地立正。

不知道铜人只是逃走，还是有目的。它当然不能在白天招摇过市，他的目的也不会正常。联系起来看，这是李贺进入长安的第二天，韩愈正在为他奔忙，科举的结果呼之欲出，命运攸关。往事比往常更远。这时，有几百年年龄的铜人出走了。

他也许是被劫了，一些人这样说，也得到另一些人赞同。但大多数人暗地里认为这是不现实的，铜人不可能被劫夺，实际上他的意志如山，挪动一寸都近于荒谬。

有人听说，头一天晚上，铜人的眼眶里奇怪地出现了泪迹。这是从汉武帝以来没听说过的事。那些泪迹如同一些铅水。“茂陵从武帝以来，尤其是胡兵叛乱后，越来越荒凉了。铜人应该是想一个‘伊妹儿’了吧？但是什么样的三围，什么样的带宽，能够配得上铜人呢？”

“从武帝一死，铜人手上擎的盘子就完全没有用了。露水倒是一夜夜打湿了它，我们看见他的脚生锈了。在夜里它是黑乎乎的。老鼠在腐蚀出的洞里生活。”一个世代看守茂陵的农夫说。他的全部知识是从爷爷那里，爷爷又从爷爷的爷爷那里传下来的，保存得最为完整。

可就是他说的也是皮毛。只有李贺知道，铜人那天晚上流了泪。铜人的泪闪闪发光就像一些铅水。“兄弟，我不需要什么伊妹儿，我在这儿站立了太久，这样徒劳地生活。这长安城。我把自己送到冶炼场去！我对你说，因为你也会到那里去！”

就连小巷深闺也获知了铜人出走的消息，似乎是一个美男子杜丘的传奇。再传到村姑们中间，她们真的讲着“杜丘怎样怎样”了。

南园

那匹柔软如注水皮袋的驴子，在秋风中形销骨立。

从长安归来后，呕出心的秘密更加深了。秘密在旧锦囊里，锦囊极破弊，本身像藏着一个从古坟里偷掘的来历。

母亲的手伸进锦囊，神情是要掏出除希望外全部幻想中的灾祸。

驴来到的地方诡秘，比如众人谈之色变的南园。这不过是一片普通的田野，可在夜里一切变异，土地间长出了磷火，春天的禾苗样生长，岩石互相敲击，冒出烟雾，到处飘满一股硫黄的气味，硫黄的臭味又近于松香，月下的松林，小小的松花是青绿的流质，如受伤的人临死的脑浆，吐着奇异的芬芳。松林中的月光也是青绿色的，道路上传来了“沙——沙”，是砂岩在最初的缝隙中渗流……来了，点着灯，黑色的，雪亮的漆灯，照亮了那些松花。驴子在踏足，对着沙土间的小火苗喷鼻，烟雾的气味让它痒痒。李贺就在驴背上凝视漆灯，据说这种灯看一眼就要眼瞎、神痴的。漆灯后面，也在望他。诗人聆听，泉流的声息越来越细密紧促，地面有可能下陷。漆灯越来越向驴头逼近，驴子的耳朵开始忽闪，忽然又直楞楞像两柄剑竖立，瘦长的诗人与瘦长的驴浆洗过似的凝为一体，等待着致命一击。

这时，南园的雄鸡一声高唱，远方天际露出了一点鱼肚白。随着这点白迅速扩大，泉流忽然哽咽，漆灯渐渐熄灭，磷火还原成禾苗，瘴气化为晨露。

诗人瞪视着这一切。

有时是古战场。驴子变成了战马，额头上有一颗星，标志它真是一匹好马，骨头能敲出铜的声音，而不是水袋的柔和颤音。是那铜的世界中的一匹马，驮着佩带吴钩的长吉，走在硝烟散尽，主力部队已消亡的战场上。大漠沙飞如雪，燕山月明似钩。可是没有了部队。连两块骨头也没踏着，那个时代已经远远过去。这很容易使吴钩成为一种伤感的装饰，而非诗人心目中勇敢的表征！连马头上的黄金制成的辔头，看起来也不自然。这是一匹好马。可是没有成为千里马的希望。

天一亮，吴钩依旧换了旧锦囊，囊中没有首级只有诗句，骏马原来还是驴子。斜阳初照，诗人的影子更加疯长，铺在自家收割后的田地上。这收获无须诗人参与，也许就是在昨夜进行的？凝神定睛的李贺，自以为看清、参与了一切，却被蒙骗了？

补天

这是一个天空的冶炼场。

天的颜色是空青的，却有一小条赭黄、嫣红、姹紫、乌黑，包含着矿石的气味，看起来像是一条杜布菲特老家花园里的碎石小径。这就是女娲用四年工夫才补上去的部分。这一块上还有个小窟窿眼，从这个眼里不断吹进宇宙外无休止的风，吹冷了女娲已开始夹杂几缕银丝的头发。开始坐在这儿，她可还年轻漂亮来着！若有人对这条裂缝看上一眼，一定会坠入无可救药的虚无。这是世界不安宁的最后根源，一定要堵住这条缝，只需一颗小石子就够，大功告成，人类又可以安稳待在天底下。女娲的美貌也将重获保养。这颗负有任务的石子正在女娲的炼石炉里滚动，笼罩一团青色的小火。女娲把它转来转去，不断微调火候，往火堆中加料减料，这颗本来顽劣的乌黑石头终于隐隐现出了五色光纹，蒙上一层发光的珐琅质。可正在此时，这颗石子有了咳嗽的欲望。它想大声地咳，呕出心来，心在嗓眼翻滚。是不堪造就，还是过分激动？它终于忍不住很小心地咳了一声，轻得像假咳，并不想咳却有意模仿那些“吐一口血，扶着丫头肩膀恹恹地到庭前看海棠花”的伤感派诗人。女娲始料未及，她接受这颗石子宏愿的时候没想到它的这种恶习，炉子随咳声轰然倒塌，石子四面崩裂，有一块还向上飞，击中了已补好的部分，在那上面又撞出一个窟窿。顿时从那窟窿的深处，从宇宙外边洒下绵绵不尽的秋雨……秋雨浇湿了冶炼炉。女娲的头发全白了，她再也拿不动搅拌的铁铲，搭不起炉子了！那炸裂了的石子身心破碎，默然失踪，总归没有机会再补天了，或许这就是韩愈说的“徒劳”吧！天也就一直留着一条缝和一个窟窿，带来了宇宙外不安的气息，总有一天塌下来。灾殃在地面上大大增加。这都是那颗石子的恶习——要咳嗽的后果！

大海

如果我有一个大海，海底不需有奇异的事物。想起河源浮槎的传说。神龟的怀念是渺茫的。谁让你幼年在扶桑下，得到过多的迷醉？

要寻觅，任何符号都有它的意义。只有空白里没有关于未来的信息。

在幽暗里能采到珊瑚，在更深处可以采玉。都是比生命贵重的器具。大海忽然迷幻，天空也翻腾的时候，剩下的是什么？只有生人的万古遗恨。可是深入大海的使命从未停止，尽管未有到达者，或到达的都未返回。

寻找被神龟驮走的三座神山，仙人们的瘦骨像桃枝，三千年生长，三千年成熟，又三千年腐朽。紫鸾的翅膀也落满大雪，不肯再舞蹈。这些海，蔚蓝的大海，蔚蓝的夜，透明的深渊，有朝一日会变成黄尘，那时除了天上，只有失踪了的三座神山才是安全的地方，仙人仍在下围棋，麻姑长长的指爪的搔痒，不如说是为了让冷淡的皮肉产生痒感。所有这里的人都对自己的失踪暗自满意。

铜人是否走到了大海？在诗人进入长安的日子，朋友啊，有了幸福，我们一起来向着大海，你一定得理解我的，我一定得理解你的。不是朝海的小屋，就是朝海的尖利的山与山风，形销骨立的诗人在尖峰悬挂。

西陵

黄昏的西湖青色无边，又落起细雨。

我、湖、岸，岸边一溜灯火是新开的旅店和景点，红色的小圆灯笼，照亮了桥下一溜湖面。那桥是断桥，然而不断。这并不是今天的典故，但修剪平滑的草地，草地旁低矮镂空的铁栏和路灯洒下梦幻样的光一定是新的，这些迹象使我对西湖的天地感到特别，这样的特别对于等待是凶是吉？但我是一个说滥了的“等待者”吗？我真是一个爱人，包括细雨的黄昏和小小的爱人。我爱细雨胜于心动。我的诚实不容推敲。

但不是善于构思的等待者，因此能够等到什么？如果我的心更静一些，我是否也能获得构思的本领。面对脚边青色的湖水我这么想。青色伸展向整个城市，我的东南大地。我曾有过的行走都毫无理由。但并不是说它们在现在是不应该的！

月白风清，爱的灵魂归于何处？

油壁车来了，默默滚行。因为要爱人容易看见，点燃了芬芳的蜡烛。也许还有秘密的心愿，想使车和人更为光彩动人吧。光与彩是爱。

月白风清，遭受遗弃的灵魂归于西陵。凄风苦雨摇撼着松树。风挟着雨一线线穿过松针，飞快地退向无尽的夜晚。这是一片被遗弃的园地，枯松上百年地沉默，抵抗缓慢的虫蛀，直至干枯的一年来临，不清楚是生命得胜了，还是危害者的功行圆满，一件事的完成同时是完结。只有在诗人隐秘的心中还在记忆一些无关紧要的事，包括一次等。

那是月明风清无比馥郁的夜晚，风里荡漾着松萝的清香。为什么来了，仍旧乘着油壁车，依旧要美丽，尽管明白幽兰上的露水隔宵即逝。又疑心这里是荒野，虫鸣唧唧，有许多岩石、许多松萝，流动的夜气中传来了讯息。也许是让一只萤火虫捎来“哎”。那会是一次叹息的拥抱，不管来者是谁。但也可能是专有所待，不容移情。这样，诗人是不是不用、不应再等待？

诗人来了，只有寒伧的驴子，没有萤火虫。旧锦囊里只有上长安的回忆。那天黑云压城，大街上的人，包括韩愈，却毫无察觉。铜人出走后，长安城早就恢复了平静。未来的日子还长得叫人不耐烦，谁去想有了什么错误，什么已难挽回？

你又怎能让西湖的灵魂——苏小小理解风雷和锤炼？因此，直到蜡烛熄灭，油壁车的光彩褪色，长吉连一句解释的话也没说过。对面的人寂寞是各自的。夜渐渐过去，寂寞的灵魂归于西陵。长吉心痛地感到：他不是她要等待的人。爱是不可转移的，这是风雨中的秘密，在风雨中领会。蜡烛熄了，距天明还有一段时间，这段时间进入了完全的黑暗，寂寞的灵魂就在黑暗里归于西陵。自始至终，长吉甚至没有放出一只探访的萤火虫。

随着油壁车和芳香消失，萤火却忽然在眼前闪现，开始是一只、两只，接着是十只、上百只，上下飞舞，荒地上的草木被照亮了，显出白天不能见的坎坷，一些水沟，甚至通向地心的裂缝。长吉吃惊地凝视，猛然醒悟：这并不是在西湖边或西陵附近，却还是在自家的田园里！这不是他时常在夜里骑着驴子站立之处吗？哦，李贺想，刚才那个长吉，又犯了做梦的毛病！

梦天

西陵那一夜之后，李贺咯血的病加深了。

血从深处喷出，似乎长期的守财奴，最后一刻疯狂地掏空积蓄。血喷在旧锦囊里翻检出的字条上，字条形同深秋暗红的楝树叶。这意味着它们的字迹不会轻易朽腐。接下来，就要喷出来肝和肺，只剩空空的皮囊，他还是母亲的儿子吗，是那个在夕照中走向长安的“有为青年”吗？母亲还盼着他结婚，爱妻子，生孩子。

“其实我也知道，默默注意着，你对女郎的爱。你在荒野和松林里是遇不到的啊。但是，我仍迟迟未给你订婚，我拿不准你爱不爱那些深闺少女。万一给你定了谁你都更加失望呢？所以，我尽管焦急，却还是没给你订婚。难道我这是害了你吗？我是罪人吗？长吉！”

小名叫长吉的儿子露出微笑。他想说：“好母亲，你干得真棒，不要给我定她们。我宁愿在手淫中想象，也不愿真的和她们中任何一个结婚，有孩子。其实，我一直瞒了你，手淫对我的损害很大。我不能有孩子，您不能有孙子。我废掉了，也许，我本来就是某一类的‘末人’吧。在长安城的街道上，在铜人失踪的日子里，韩愈就说了：‘是徒劳。’”

他说得美丽而虚幻：“妈，你不是给我讲过，咱们先朝的老皇帝。有一天他一不小心，顺着桥走上了月宫，却又慌忙回到人间，一路上还时时担心被追回。没准儿因为他偷听了仙曲，就急切地想到人间来炫耀。或者他一心想着爱人。要是我，既没有爱，我宁愿是天上的奴隶或流星。母亲，您不是讲过：李白追月亮去了，杜甫骑马飞上了星空？我要骑我的驴子去。妈，给我把驴子牵来吧！”

母亲擦尽眼泪，去牵驴子。当她牵着驴子来到窄门前，驴子进不了门。她努力了很久，才回到长吉床前，想向他说明这一情况。她吃惊地发现：儿子已经闭上眼睛。

梦里，天上虽然清冷，但是很美，一切在轻纱的月光笼罩下。树丛中点缀楼阁，时常有披青纱舞蹈的仙娥。当仙子跳累了，俯看下界，看到九州不过是九点黄尘，浮在一杯水似的海里，海变成黄尘，黄尘又化为海，这样的事情从羲和以来，已经有了九次又九次。而仙女们却永葆青春。据说，这里一切过错和隐私都能得到原谅，甚至是无所谓的，因为那里没有时光，也就根本没有记忆。这也是仙女们永葆青春的原因。

图书在版编目（CIP）数据

在唐诗中穿行 / 袁凌 著. — 北京 : 东方出版社, 2015.7
ISBN 978-7-5060-8335-5

Ⅰ.①在…　Ⅱ.①袁…　Ⅲ.①唐诗－诗歌欣赏　Ⅳ.①I207.22

中国版本图书馆CIP数据核字(2015)第164959号

在唐诗中穿行
（ZAITANGSHIZHONG CHUANXING）

作　　者：袁　凌
策 划 人：张　杰
产品经理：陈丽娜
责任编辑：陈丽娜
责任审校：童　瑜
绘　　画：梁　静
统　　筹：吴玉萍
责任营销：何　遥
出　　版：东方出版社
发　　行：人民东方出版传媒有限公司
地　　址：北京市东城区朝阳门内大街166号
邮政编码：100706
印　　刷：三河市腾飞印务有限公司
版　　次：2015年9月第1版
印　　次：2019年5月第2次印刷
开　　本：880毫米×1230毫米 1/32
印　　张：8.5
插　　页：5
字　　数：190千字
书　　号：ISBN 978-7-5060-8335-5
定　　价：38.00元
